सरश्री

मौन नियम

स्वयं को जानने का नि:शब्द उपाय

सलाह
विचार नियम
पढ़ने के बाद
यह पुस्तक पढ़ें

मौन नियम

स्वयं को जानने का निःशब्द उपाय

By **Sirshree** Tejparkhi

ISBN : 978-81-943200-0-5

प्रथम आवृत्ति : दिसंबर २०१९

प्रकाशक : वॉव पब्लिशिंग्स प्रा. लि., पुणे

© Tejgyan Global Foundation
All Rights Reserved 2019.
Tejgyan Global Foundation is a charitable organisation with its headquarter in Pune, India.

© सर्वाधिकार सुरक्षित

वॉव पब्लिशिंग्ज् प्रा. लि. द्वारा प्रकाशित यह पुस्तक इस शर्त पर विक्रय की जा रही है कि प्रकाशक की लिखित पूर्वानुमति के बिना इसे व्यावसायिक अथवा अन्य किसी भी रूप में उपयोग नहीं किया जा सकता। इसे पुनः प्रकाशित कर बेचा या किराए पर नहीं दिया जा सकता तथा जिल्दबंद या खुले किसी भी अन्य रूप में पाठकों के मध्य इसका परिचालन नहीं किया जा सकता। ये सभी शर्तें पुस्तक के खरीददार पर भी लागू होंगी। इस संदर्भ में सभी प्रकाशनाधिकार सुरक्षित हैं। इस पुस्तक का आंशिक रूप में पुनः प्रकाशन या पुनः प्रकाशनार्थ अपने रिकॉर्ड में सुरक्षित रखने, इसे पुनः प्रस्तुत करने की प्रति अपनाने, इसका अनूदित रूप तैयार करने अथवा इलेक्ट्रॉनिक, मैकेनिकल, फोटोकॉपी और रिकॉर्डिंग आदि किसी भी पद्धति से इसका उपयोग करने हेतु समस्त प्रकाशनाधिकार रखनेवाले अधिकारी तथा पुस्तक के प्रकाशक की पूर्वानुमति लेना अनिवार्य है।

Moun Niyam
Swayam ko janne ka nishabda upay

यह पुस्तक समर्पित है
उस शून्य को
जो संसार के पहले था
अब भी है और
संसार के बाद भी रहेगा।

मौन सारणी

| मौन आरंभ | ध्यान में मौन या मौन में ध्यान
भगवान के भी पार | 9 |

| खण्ड 9 | **महा मौन की पहचान** | **13** |

1	मौन स्थान में प्रवेश कैसे करें मौन का आनंद और प्रकाश	15
2	मौन नियम क्या है? कैसे सुनें हारमोनियम का रूहानी संगीत	18
3	महा मौन की समझ और महागाथा कमल के गुलकंद का स्वाद	21

| खण्ड २ | **मौन में बाधा – चार प्रकार की सोच** | **27** |

4	विचारों के दो विकल्प क्या मौन आपको खींच रहा है	29
5	जमी हुई सोच पुरानी रिकॉर्डेड विचारधारा	31
6	अतीत की रिकॉर्डेड सोच अहंकार युक्त सोच का निर्माण	35
7	पुराना दु:ख, पुराना सुख मौन को खोलने की गुणवत्ता कैसे लाएँ	39
8	हर क्रिया होने का राज़ कर्ता भाव की सोच	42

खण्ड ३	मौन में, मन के शिकंजे से बाहर आने के उपाय- ४ चक्रव्यूह	47

9	आप इमोशन्स के ऊपर हैं मन की कथाओं के चने	49
10	दुश्-मन का अदृश्य हथियार मोह-नफरत - कथाएँ-निर्णय-प्रतिक्रिया	52
11	अज्ञान का चक्रव्यूह उत्तेजना की चाहत	56
12	असुरी आदतें वृत्तियों का जाल	60
13	मौन अनासक्ति कैसे प्राप्त हो मोह रूपी चक्रव्यूह को समझने के पाँच कदम	63
14	इच्छा मुक्त अवस्था विकारों के चक्रव्यूह को तोड़ने के लिए मौन प्रतीक्षा की शक्ति	68

खण्ड ४	मौन मन और मैं की तैयारी	71

15	वर्तमान में असली किरदार आपने पहनी हुई पोशाक कौन	73
16	मूल पर प्रहार - आत्मसाक्षात्कार मैं शरीर, मैं का विचार और मौन	79
17	असली और नकली मैं ध्यान में दर्शन - मौन दर्शन में बोध	82
18	मौन हाईवे की आवश्यकता विश्वास की भूमिका	88
19	सेल्फ की अजब लीला विचार किसे हैं	90
20	दो में विभाजित संसार मन कौन और उसे देखनेवाला कौन	94

| खण्ड ५ | मौन का हारमोनियम-मौन अनुभव कैसे लें | 97 |

21	अपना एहसास-अपना सच अनुभव का अनुभव	99
22	शून्य सकारात्मक है आपकी यात्रा किस तरफ हो	103
23	अनुभव को मिले समझ का सहारा प्राथमिकता किसे दें	106
24	हारमोनियम में समर्पित अवस्था बजना है	109
25	समर्पण का आनंद कैसे लें समझ के साथ समर्पण	112
26	हारमोनियम की कला गुरु के मार्गदर्शन में	115
27	**मनन-मौन से खाली अवस्था** मौन में मौन का प्रकटीकरण	118
28	स्वअनुभव पर जाने का व्यायाम लाल ब्लिंकर का अनोखा प्रयोग	121
29	शब्दों की महिमा और मौन की समझ शब्दों के ज़रिए मौन तक पहुँचें	124
	तेजज्ञान फाउण्डेशन की जानकारी	127-144

पुस्तक का लाभ कैसे लें

1. हो सके तो यह पुस्तक पढ़ने से पहले 'विचार नियम' पुस्तक ज़रूर पढ़ लें।
2. प्रस्तुत पुस्तक को शुरू से लेकर अंत तक क्रम से पढ़ें। बीच में से न पढ़ें।
3. हर अध्याय में आपको इस तरह की .... खाली जगह दी गई है। वहाँ रुककर कुछ क्षण मौन या मनन में जाएँ।
4. कुछ बातें यदि समझ में न आएँ तो उन्हें बाजू में रखकर, आगे पढ़ना जारी रखें। पुस्तक के अंत तक वे बातें भी आपको समझ में आ जाएँगी।

मौन आरंभ

ध्यान में मौन या मौन में ध्यान
भगवान के भी पार

"मौन को जाने बिना जीना,
जीना नहीं विष पीना है।"

एक संत, एक राज्य से गुज़र रहे थे। वे लोगों को ऐसी बातें बता रहे थे, जो उनकी पुरानी मान्यताओं और धारणाओं को झँझोड़ रही थीं। वे जो कह रहे थे, उसे सुनना व स्वीकारना लोगों के लिए मुश्किल था। कुछ लोगों ने पागल समझकर, उनकी बातों को अनसुना कर दिया। जबकि कुछ लोग उनकी बातों पर सोचने को मजबूर हो गए। उनके मन में ऐसी सभी पुरानी धारणाओं के प्रति सवाल उठने लगे, जो उन्हें बचपन से समाज की ओर से दी गई थीं। कुछ कट्टर लोग उस संत की बातों से क्रोधित हो गए, वे डर भी गए थे कि कहीं लोग पुरानी बातों को मानना न छोड़ दें। उन्होंने तुरंत जाकर राजा से शिकायत की कि कोई पागल लोगों को अपनी बातों में फँसा रहा है। राजा ने सैनिकों को कहकर तुरंत संत को राज्यसभा में बुलवाया।

संत के आते ही राजा ने उनसे सवाल किया, 'हमारी पुरानी धारणाओं पर सवाल उठाने की अनुमति आपको किसने दी? आप कौन हैं? क्या आप कोई विद्वान हैं?'

संत : उसके पार

राजा : क्या आप गुरु हैं?

|| मौन नियम 9 ||

संत : उसके पार

राजा : तो क्या आप भगवान हैं?

संत : उसके पार

राजा : पर भगवान के पार तो कुछ नहीं होता।

संत : मैं वही 'कुछ नहीं' हूँ।

राजा : मैं कुछ समझा नहीं।

संत : मैंने कुछ कहा नहीं।

कुछ क्षण मौन उपरांत संत ने कहा, 'यह बहुत आसान बात है। मैं कोई रहस्यमय बात नहीं बता रहा हूँ। मैं केवल आपकी पुरानी धारणाओं के पार की बात बता रहा हूँ। सभी किरदार – गुरु, भगवान का दूत... जो आप मुझे समझ रहे हैं, ये सभी शाब्दिक बातें हैं। ये बातें केवल विचारों से बनी धारणाएँ हैं। मैं अनुभव की, शुद्ध उपस्थिति की बात कर रहा हूँ। इस अनुभव को शब्दों में नहीं बताया जा सकता। शब्द केवल अनुभव की ओर इशारा कर सकते हैं। जब ये शब्द अपना अर्थ खो देते हैं और सत्य से दूर ले जाते हैं तब जागृति और धारणाओं को झँझोड़ने की ज़रूरत होती है। फिर सभी इस शुद्ध मौन अनुभव को जान सकते हैं। इसी संभावना को देखते हुए मैं आपके राज्य के लोगों से बातचीत कर रहा था। जिस शुद्ध अनुभव की मैं बात कर रहा हूँ वह शब्दों और सभी धर्मों के पार है।'

राजा को कुछ समझ में नहीं आया लेकिन उस संत की बातों में सत्य की दृढ़ता महसूस हुई। राजा ने उनसे नम्रतापूर्वक कहा, 'मुझे इस अनुभव को समझने में दिक्कत हो रही है। मेरे और प्रजा की भलाई के लिए आप कृपया इस अनुभव को एक पंक्ति में बताएँ ताकि हम इस अनुभव की ओर अपनी यात्रा की शुभ शुरुआत कर पाएँ।'

संत ने कहा, 'मैं आपको एक शब्द देता हूँ।' यह कहकर वे मौन हो गए।

राजा ने हाथ जोड़ लिए और कहा, 'हे महात्मा! कृपया वह शब्द बताएँ।'

संत ने शांति से, आँखें बंद करते हुए कहा...... 'मौन'

राजा ने कुछ क्षण उपरांत बड़े आश्चर्य से पूछा, 'इस मौन तक कैसे जाया जा

सकता है?'

संत ने कहा, 'ध्यान द्वारा यह संभव होता है।'

राजा ने पूछा, 'ध्यान कैसे किया जाए?'

संत ने जवाब दिया, 'मौन में ....

....

यह संपूर्ण सृष्टि 'मौन', 'कुछ नहीं' से उत्पन्न हुई है। सभी जीवों में से केवल इंसान ही मौन पर मनन कर, उसे पा सकता है। परंतु इसके लिए इंसान को दो बार जन्म लेना होगा।

इंसान का पहला जन्म माँ की कोख से बाहर आने पर होता है। वह एक छोटी जगह के बंधन से मुक्ति का एहसास करता है और बड़ी जगह यानी दुनिया में प्रवेश करता है। परंतु उसे यह एहसास नहीं होता है कि वह माँ की कोख से निकलकर माया की कोख में पहुँच गया है।

इंसान का दूसरा जन्म तब होता है जब वह माया की कोख से मुक्त होता है। माया की दुनिया की धारणाओं से बाहर आकर जब वह मौन में अपने असली अनुभव को अनुभव करता है।

हालाँकि, सभी दूसरा जन्म नहीं ले पाते लेकिन जो अपने असली अनुभव को जान पाते हैं, वे उसी अनुभव में रहकर अपना जीवन जीना पसंद करते हैं। दूसरा जन्म- जिसे उच्चतम जीवन भी कहा जा सकता है, यह सही मायनों में जीवन की शुरुआत है। हमारे दूसरे जन्म के बाद ही मौन की अभिव्यक्ति खुलना शुरू होती है।

मौन को जानने के तीन महत्वपूर्ण कदम हैं। यह पुस्तक इन तीन कदमों की यात्रा है। पहले कदम पर हम मौन को जानने की कोशिश करेंगे। दूसरे कदम पर मौन में आनेवाली बाधाओं को समझकर उन्हें दूर करने के तरीके समझेंगे। तीसरे कदम पर मौन को अनुभव करने के लिए स्वयं को तैयार करेंगे।

आप सभी पहले भी इस मौन का अनुभव कर चुके हैं- अपने पैदा होने से दो-ढाई साल की उम्र तक। अब आप इस मौन अनुभव को भूल चुके हैं। माया की दुनिया से मिली धारणाओं के कारण आप मौन से दूर हो चुके हैं।

कइयों को ढाई साल के बाद भी कभी-कभी मौन का अनुभव हुआ है परंतु उन्होंने अनजाने में उसे गँवा दिया है। ऐसे भी लोग हैं जिन्होंने उस मौन को अनुभव किया और उसमें स्थापित हो गए, इन्हें हम आत्मसाक्षात्कारी संत कहते हैं।

अब समय आया है कि आप मौन अनुभव को फिर से जानें, समझें व महसूस करें। इस पुस्तक का यही परम उद्देश्य है।

'मेरा जीवन आज से लेकर अंत तक आनंद का कमल बने', यही विचार मौन आरंभ है।

...सरश्री

खण्ड 1
महा मौन की पहचान

✤ हम जीवन पथ को तीन आयाम से जानते हैं– 'आसनायाम' जो शरीर से जुड़े आयामों को उभारता है। 'प्राणायाम' जो जीव को जीवन से जोड़ता है और 'विचारायाम' जो मानव को मन से जोड़ता है। इन तीनों आयामों में कहीं न कहीं मन और शरीर की भूमिका है।

जीवन की पूर्णता का चौथा आयाम भी है, जिसे बहुत कम लोग जानते हैं। वह आयाम सभी आयामों का मूल है। इसे 'मौनायाम' कहा गया है। इस आयाम में शरीर व मन की कोई भूमिका नहीं होती।

'मौनायाम' आपके जीवन का अदृश्य अंग है। यह आपके आनंद का स्रोत है। यह आयाम कमल की तरह है, जिसकी हर पंखुड़ी आपको खोलनी है। जब संपूर्ण कमल खुलेगा तब आपका जीवन सच्चे प्रेम, आनंद, मौन से परिपूर्ण हो जाएगा। ✤

– मौन संकेत... 'विचार नियम' पुस्तक से

1

मौन स्थान में प्रवेश कैसे करें

मौन का आनंद और प्रकाश

एक राजा के चार बेटे थे। उसे समझ में नहीं आ रहा था कि उनमें से किसे राजा बनाया जाए। जब उसने अपने गुरु से यह सवाल पूछा तो उन्होंने कहा, 'तुम मुझे एक साल दो, मैं चार महल बनवाना चाहूँगा। फिर इस बात का निर्णय आसानी से किया जा सकता है।' राजा ने गुरुजी की बात मान ली।

एक साल बाद गुरुजी ने चार महल बनवा लिए। उन्होंने राजा को बुलाकर कहा, 'तुम चारों राजकुमारों को एक-एक महल और १००-१०० दीनार दे दो।' उनसे कहना कि इन दीनारों के साथ जो महल को सबसे अच्छी तरह भर पाएगा, सजाएगा, उसे इनाम में राजगद्दी मिलेगी।

राजकुमार अपने-अपने तरीके से महल को सजाने में जुट गए।

पहले राजकुमार ने, १०० दीनारों का उपयोग करते हुए, जो भी टूटा-फूटा फर्नीचर मिला, उससे पूरे महल को भर दिया।

दूसरे ने जुए में पैसे लगाए और जीते हुए पैसों से अच्छा फर्नीचर खरीदकर महल को सजा दिया।

तीसरे ने ढेर सारे फूल लाए और महल को फूलों की सुगंध से भर दिया।

ये सब देखने के पश्चात राजा, वजीर और गुरुदेव चौथे राजकुमार का महल देखने गए। महल में जाते हुए राजकुमार ने सभी से कहा, 'पहले मैं अंदर जाता हूँ। आप कुछ मिनट बाद अंदर आएँ और देखें कि यहाँ क्या होता है?' यह सुनकर गुरुजी के चेहरे पर मंद मुस्कान आ गई।

उसके अंदर जाने के बाद, जब बाकी सभी अंदर गए तो महल में अंधकार था। देखते ही देखते पूरा महल प्रकाश से भर गया। आश्चर्यचकित होकर राजा और वजीर ने राजकुमार की ओर देखा तो वह एक स्थान पर बैठा था, जिससे प्रकाश निकल रहा था। उन्होंने राजकुमार से पूछा, 'यह रहस्य क्या है?' राजकुमार ने बताया, 'मैंने पहले पूरे महल की जाँच की। तब मुझे एक अलग-थलग सा स्थान दिखाई दिया। विचार आया कि इस स्थान का क्या उपयोग हो सकता है? आखिर इसे महल में क्यों रखा गया है? मैंने सोचा, 'यह ज़रूर कोई रहस्य है, इसकी खोज करनी चाहिए।'

दीवार पर काला परदा लटका हुआ था, जबकि वहाँ कोई खिड़की नहीं थी और यह दीवार के रंग के साथ भी मेल नहीं खा रहा था। मैंने सोचा कि हो न हो इसी के पीछे रहस्य छिपा है। मैंने जैसे ही परदे हटाए, वहाँ एक ईंट दिखाई दी। उसे निकाला तो पीछे एक संदेश छिपा था "इस मौन स्थान पर मौन में बैठ जाओ, फिर देखो क्या होता है!" उत्सुक होकर मैं उस स्थान पर मौन में बैठ गया। थोड़ी ही देर में चारों तरफ प्रकाश फैल गया, जिसने पूरे महल को रोशनी से भर दिया। आनंद से भरे दिल ने घोषणा की कि इससे अच्छा क्या हो सकता है, जिससे मैं महल को भर पाऊँ!'

आप सोच रहे होंगे कि क्या वह स्थान केवल चौथे महल में था? नहीं! गुरुजी ने वह स्थान हर महल में बनवाया था। केवल चौथा राजकुमार ही उस स्थान का पता लगा पाया।

उसने पहले पूरी जाँच की, संकेत पहचाना और उसे परखा। वह पारखी था।

चौथे राजकुमार ने गुरुजी को १०० दीनारें वापस देते हुए कहा, 'मुझे इनकी ज़रूरत नहीं पड़ी और न ही आगे पड़ेगी। मुझे **मौन का आनंद** मिल चुका है। मैं संतुष्ट हूँ।' यह सुनकर गुरुजी ने राजा से कहा, 'यही है तुम्हारी राजगद्दी का वारिस।'

इस कहानी में छिपे संकेतों को समझें। जिन महलों की बात की गई, दरअसल वह हमें दिया गया शरीर (मनोशरीर यंत्र) है। ये शरीर हमें दिए ही इसलिए गए हैं ताकि

हम मौन अनुभव को अपने जीवन में कमल की तरह खिला पाएँ।

चौथे राजकुमार ने जिस स्थान की खोज की उसे हम कहेंगे, 'मौन स्थान'। जो संकेतों को पकड़ता है, पारखी होता है, वही 'मौन स्थान' को खोज निकालता है।

....

आपको भी अपने अंदर के मौन स्थान को खोजना है और वहाँ रहना है। अधिकतर लोग उस स्थान तक पहुँच नहीं पाते क्योंकि उन्हें इस स्थान का पता नहीं होता। अगर पता होता भी है तो उनके पास वहाँ जाने की कोई प्रेरणा नहीं होती।

क्या आपने यह सोचा कि चौथे राजकुमार को राजगद्दी क्यों दी गई? क्योंकि जिसे मौन मिल गया, उसे सब कुछ मिल गया और वही बाकियों को सही दिशा दे सकता है। **विश्व को वे ही लोग प्रेरित करते हैं जो जाने-अनजाने मौन स्थान से प्रेरित होते हैं।**

यह एक प्रतीकात्मक कहानी है, जो मौन स्थान के महत्त्व को आपके सामने प्रकट करती है। ऐसे महत्वपूर्ण स्थान पर हमें खाली (शुद्ध) होकर बैठना चाहिए।

आगे आप जानेंगे कि इस मौन स्थान पर बैठकर, जो हमें मिलनेवाला है, वह क्या है? वह मौन क्या है, जिसका आनंद उस राजकुमार को मिल गया था और वह संतुष्ट होकर राजाओं का राजा कहलाने योग्य बना।

मौन प्रश्न

१. क्या आप मौन स्थान से प्रेरित हैं? क्या आप मौन में प्रवेश करना चाहते हैं?

२. क्या हम अपने शरीर का उपयोग ऐसे कर रहे हैं कि हममें मौन अनुभव का कमल खिल सके?

३. क्या आप बोरडम और मौन के बीच का फर्क समझ रहे हैं? यदि हाँ तो वह फर्क क्या है?

2

मौन नियम क्या है?

कैसे सुनें हारमोनियम का रूहानी संगीत

'मौन' ही जीवन है। मौन होकर ही इसका अनुभव किया जा सकता है। यह सारे अस्तित्त्व और आयामों का तेज स्रोत है। इसे बयान नहीं किया जा सकता। अध्यात्म में 'मौन' को अलग-अलग नाम से जाना गया है- रूहानियत, अहम ब्रह्मास्मि, सत् चित्त आनंद इत्यादि।

मौन विचारों के पार की अवस्था है। विचारों के शुरू होते ही इंसान अपने भीतर शोर महसूस करता है और विचारों के बंद होते ही शांति, परंतु **मौन** शोर और शांति के परे की अवस्था है। यह जीवन के तीन आयामों के भी परे, चौथा आयाम है।

मौन का आयाम चेतना, अस्तित्त्व, स्वअनुभव का द्वार खोलता है। यह परम सत्य के साक्षात्कार का स्रोत है।

मौन प्रकट कैसे हो?

हम मौन के संपर्क में आएँ और मौन हमारे जीवन में खुले, यह इंसान के जन्म का परम लक्ष्य है। इंसान का उच्चतम विकास तभी होता है जब मौन उसके जीवन में खुलता है। इसके लिए, उसे बस बाँसुरी की तरह खाली होना होता है।

कई ऐसे उदाहरण हैं जहाँ कलाकार एक अलौकिक प्रदर्शन करता है जो दर्शकों के हृदय को छू जाता है। कलाकार ईमानदार होगा तो बता पाएगा कि उस समय पता नहीं यह प्रदर्शन कहाँ से उभरा। अनजाने में ही सही, उसने मौन को खुलने का मौका दे दिया इसलिए उससे ऐसी कलाकारी प्रकट हुई।

ध्यान में भी सही तरह से उपस्थित होने पर मौन को प्रकट होने का मौका मिलता है।

इसके लिए क्या करना होता है? ध्यान में बैठकर क्या करना होता है? कुछ नहीं करना होता है। जैसे रात में जब आप सोने की तैयारी करते हैं तब आपको क्या करना होता है? कुछ नहीं करना होता है। सोने से पहले आप हॉल को छोड़कर बेडरूम में आते हैं। फिर बेडरूम को छोड़कर आप बेड पर होते हैं। फिर बेड को छोड़कर आप शरीर और विचारों में होते हैं और धीरे-धीरे, विचारों के बंद होते ही आप शरीर को छोड़कर नींद की अवस्था में होते हैं।..

....

आप केवल नींद के लिए ग्रहणशील होते हैं और नींद की अवस्था स्वयं आ जाती है। ठीक इसी तरह मौन में जाने के लिए आपको केवल मौन के लिए ग्रहणशील होना है।

क्या आप जानते हैं कि नींद की अवस्था में भी आप मौन में होते हैं? लेकिन इससे आपकी समझ में कोई परिवर्तन नहीं आता क्योंकि यह अज्ञान में होता है। हाँ, शरीर री-चार्ज होने के कारण तरोताज़ा अवश्य महसूस करता है।

लेकिन इसी मौन अवस्था को जब जागृत अवस्था में जाना जाता है तब जीवन बदल जाता है।

लक्ष्य यही है कि जागृत अवस्था में भी आपमें मौन प्रकट हो। इसी का अभ्यास ध्यान में बैठकर किया जाता है।

मौन हमेशा सभी आयामों के पार जाने के बाद, स्वतः प्रकट होता है। जिस तरह पानी का नियम है कि वह नीचे की ओर बहता है। उसी तरह <u>मौन का नियम</u> है कि **'आसनायाम, प्राणायाम और विचारायाम के पार जाकर मौन स्वतः ही प्रकट होता है।'** जब कोई सभी आयामों के पार हो जाता है, तब वह मौन के लिए योग्य पात्र बनता है।

|| मौन नियम 19 ||

इन आयामों के पार तभी जाया जा सकता है, जब इनसे संबंध रखनेवाले मन को हारा जाए। इसके लिए स्वयं को केवल कुछ नहीं करने के लिए तैयार करना होता है। इस तैयारी में केवल एक बाधा है– मन। मौन नियम का पालन करने के लिए मन को हारना होगा।

मन को हराने और मौन का आनंद लेने के लिए, एक सरल नियम है 'हारमोनियम'।

हार–मौन–नियम... इन तीनों को एक साथ बोला जाए तो शब्द बनता है 'हारमोनियम'। कई लोग जानते होंगे कि हारमोनियम एक प्रकार का संगीत वाद्य है, जिसे बजाने से मधुर संगीत निकलता है। 'मौन' इस दुनिया का सबसे मधुर संगीत है। इसे सुनने के लिए भीतर जाना पड़ता है। हार–मौन–नियम का अर्थ है – ऐसा मौन, जो मन के हारने (समर्पित होने) के बाद प्रकट होता है। फिर भीतर के हारमोनियम का रूहानी संगीत बजता है।

आप सोच रहे होंगे कि यह कैसा अनोखा हारमोनियम है! अध्यात्म में ऐसे विरोधाभास अकसर देखे जाते हैं परंतु धीरे-धीरे सत्य के खोजी को समझ में आता है कि ये विरोधाभास नहीं बल्कि यही सीधी बात है।

मौन की अवस्था में हारकर ही जीता जा सकता है। हारने की बात हमारे तार्किक मन में नहीं बैठती। लोगों को लगता है कि 'भला, हारकर कैसे कुछ प्राप्त किया जा सकता है?' लेकिन सच तो यह है कि ऐसा होना संभव है। जो कहता है, 'मैं मालिक बनूँ... मैं कुदरत को चलाऊँ...', उसे हारना है, कुदरत (ईश्वर) से। उसे हारकर, कुदरत के प्रति समर्पित होना है और कहना है, 'अब मेरा जीवन दिव्य योजना के अनुसार चले।'

जैसे ही आपको यह 'हारना' आ जाता है तो आप 'हार और जीत' दोनों से मुक्त हो जाते हैं।

मौन प्रश्न

१. क्या हम आसनायाम, प्राणायाम, विचारायाम के पार जाने के लिए तैयार हैं?

२. क्या आप हारना सीखना चाहते हैं?

३. आपको हारकर जीतना या जीतकर हारना पसंद है?

3

महा मौन की समझ और महागाथा

कमल के गुलकंद का स्वाद

मौन के लिए, मन को हारने का सौदा बहुत कम लोग कर पाते हैं। जबकि यह खरा सौदा है। यहाँ मौन यानी चुप रहने की बात नहीं की जा रही है बल्कि आध्यात्मिक मौन की बात की जा रही है। इस मौन तक पहुँचने की यात्रा शुरू करने से पहले, आइए हम महाकश्यप की कहानी द्वारा 'मौन' की गहराई को जान लें।

महाकश्यप- भगवान बुद्ध के शिष्य थे। बुद्ध से मिलने से पूर्व इनका नाम कश्यप था। यह कहानी कश्यप से महाकश्यप बनने की कहानी है।

कश्यप जब पहली बार भगवान बुद्ध से मिले थे तब उन्होंने भगवान बुद्ध से कहा, 'कृपया मुझे ज्ञान दीजिए।'

भगवान बुद्ध ने कहा, 'पहले आप यह बताएँ कि आप क्या नहीं जानते, फिर मैं ज्ञान दूँगा।'

'इससे क्या फर्क पड़ता है? आपके पास ज्ञान है, कृपया आप मुझे ज्ञान दे दीजिए।' कश्यप ने कहा।

तब भगवान बुद्ध ने कहा, 'फर्क पड़ता है। जब तक यह स्पष्ट नहीं है कि

आप किस अवस्था से, किस भाव से ज्ञान की माँग कर रहे हैं, तब तक ज्ञान देना परिणामकारी नहीं है।'

कश्यप को भगवान बुद्ध की यह बात उचित लगी इसलिए उन्होंने पूछा, 'फिर मैं क्या करूँ?'

भगवान बुद्ध ने कहा कि 'जो आप जानते हो, वह एक तरफ लिखो और जो नहीं जानते वह दूसरी तरफ लिखो। कुछ ऐसा होगा, जो शायद जानते हो या शायद नहीं जानते, उसे भी अलग करो। इस तरह अपना पूरा ज्ञान तीन भागों में विभाजित करो।'

कश्यप ने अपना ज्ञान तीन हिस्सों में विभाजित किया और भगवान बुद्ध के सामने रखा। आगे भगवान बुद्ध ने कश्यप को उन विषयों के बारे में पूरा ज्ञान दिया, जिनके बारे में उन्हें कोई जानकारी नहीं थी।

यह अनमोल ज्ञान मिलने के बाद कश्यप ने कहा, 'मुझे लग रहा था कि मैं कुछ चीज़ों के बारे में जानता हूँ, असल में मैं वह भी नहीं जानता था। मुझे जिन सवालों के जवाब मालूम थे, वे भी मेरी नज़र में अब गलत सिद्ध हुए।'

दरअसल ज्ञान मिलने के बाद कश्यप को पहली बार इस सच्चाई का दर्शन हुआ कि **'अब मैं यह जानता हूँ कि मैं नहीं जानता हूँ।'** यह सबसे पहला ज्ञान है। उसके बाद ही वे भगवान बुद्ध को आगे सुनने के लिए तैयार हो गए। फिर एक दिन वह घटना हुई, जिसके लिए यह तैयारी चल रही थी।

एक बार महासभा में सभी भिक्षु बैठे हुए थे। वहाँ भगवान बुद्ध हाथ में कमल का फूल लेकर आए और बैठ गए। वे सिर्फ उस फूल को निहारते हुए बैठे रहे। उन्होंने ना किसी से बातचीत की और ना ही कुछ कहा। भिक्षु देख रहे थे कि ऐसा पहले तो कभी नहीं हुआ। जब भी भगवान बुद्ध धर्म सभा में आते थे तो वहाँ बातचीत होती थी, वे सभी को सत्य संदेश देते थे।

कश्यप भी वहाँ पर उपस्थित थे और ये सब देख रहे थे। अचानक उनके चेहरे पर मुस्कान आ गई और उन्होंने बुद्ध को वहीं से साष्टांग प्रणाम

किया।

भगवान बुद्ध ने कश्यप को इशारे से अपने पास बुलाया और वह कमल का फूल उन्हें थमा दिया। फिर सभा में खड़े होकर उन्होंने बाकी शिष्यों से कहा, 'जो ज्ञान शब्दों में बताया जा सकता था, आप लोगों को बता दिया है और जो शब्दों में नहीं आ सकता, वह मैंने महाकश्यप को दिया है।' इतना कहकर वे वहाँ से चले गए।

सभा में कुछ नए और कुछ पुराने लोग उपस्थित थे। सभा समाप्त होने के बाद वे आपस में बातें करने लगे। उनमें एक नया अति बुद्धिमान शिष्य भी था। वह सब देख रहा था किंतु कुछ समझ नहीं पाया। इसलिए उसने सबसे पहले जाकर कश्यप से पूछा कि 'आपको कौनसा ज्ञान मिला?'

कश्यप यह कहकर मौन हो गए कि 'जब विराट के बारे में बात होती है तब वह शब्दों में नहीं बताई जा सकती है।' इस जवाब से उस शिष्य का समाधान नहीं हुआ। उसने जाकर पुराने लोगों से इसके बारे में पूछा। उन्होंने कहा, 'ज्ञान तो दिया गया है मगर हम अभी मनन कर रहे हैं। कुछ-कुछ बातें हमें समझ में आ रही हैं। हमें थोड़ा और समय चाहिए।'

पुराने लोग समझ गए कि कश्यप को कमल का फूल दिया है, इसमें ज़रूर कोई तो गूढ़ रहस्य है और उस पर मनन करना चाहिए।

फिर उस शिष्य ने वही सवाल नए लोगों से पूछा। उन्होंने कहा कि 'हमें तो कुछ भी समझ में नहीं आया है।' तब नए बुद्धिमान शिष्य ने सोचा कि 'अब सीधे भगवान बुद्ध से ही जाकर पूछना चाहिए।'

वह शिष्य बुद्ध से अकेले में मिलने का मौका तलाशता रहा। एक दिन मौका पाकर उसने बुद्ध से अकेले में पूछ ही लिया, 'लोग कह रहे हैं कि आपने परम ज्ञान देकर कश्यप को महाकश्यप बना दिया है मगर ऐसा कुछ मुझे दिखा नहीं। हाँ, उस दिन आपने कश्यप को फूल दिया वह तो हमने देखा। लेकिन यदि आपने ज्ञान दिया भी है तो कृपया हमें बताइए।'

भगवान बुद्ध ने जवाब दिया, 'पहले कुछ दिन आपको अपनी साधना की गहराई में जाना होगा, संघ में ध्यान और सेवा कार्य करना होगा। उसके बाद हम इस पर बात करेंगे।'

कई दिनों तक वह शिष्य ध्यान साधना करता रहा मगर उसके मन में एक ही सवाल घूम रहा था कि 'वह ऐसा क्या ज्ञान था जो बुद्ध ने स्वयं कहा कि उन्होंने वह महाकश्यप को दिया है?'

आखिर उससे रहा न गया। उसने जाकर भगवान बुद्ध से कहा, 'कृपया बताएँ कि आपने कौनसा ज्ञान दिया? मेरी इतनी साधनाएँ हुई हैं, मेरी बुद्धि भी अच्छी है। अब मैं सब समझ सकता हूँ। आपका बताया हुआ पंचशील मैं समझ गया... बुद्धम् शरणम् गच्छामि भी समझ चुका हूँ... बुद्ध की शरण में, संघ की शरण में क्यों जाना है, मैं सब जान चुका हूँ... धर्म की शरण में क्यों जाना चाहिए, असली धर्म क्या है, दस पारमिताएँ क्या हैं, यह सब जान चुका हूँ... इस पथ पर क्या करना चाहिए, क्या नहीं सबकुछ समझ चुका हूँ... अब जो ज्ञान आपने बिना कुछ कहे- मौन में- महाकश्यप को दिया है, वह बताएँ। मैं नहीं समझ पाया तो ना सही लेकिन आप बताइए तो सही!'

यह सुनकर भगवान बुद्ध ने वहाँ गिरे पेड़ के कुछ ताजे पत्ते उठाए और शिष्य से पूछा, 'बताओ इन पत्तों का रंग कौनसा है?'

शिष्य ने कहा, 'इन पत्तों का रंग हरा है।'

भगवान बुद्ध ने पूछा, 'तुम कैसे कह सकते हो कि यह हरा रंग है?'

'आप किसी से भी पूछ लीजिए, सभी यही जवाब देंगे। हमें बचपन से हमारे माता-पिता, शिक्षकों ने यही बताया है कि पत्ते का रंग हरा होता है।' शिष्य ने तत्परता से कहा।

इस पर भगवान बुद्ध ने पूछा, 'अगर तुम्हें बचपन से ही सभी ने इस पत्ते का रंग नीला बताया होता तो यह पत्ता कौनसे रंग का होता?'

यह सुनते ही शिष्य के दिमाग में अचानक बिजली कौंध गई। उसने कहा, 'मैं थोड़ा संदेह में घिर गया हूँ। पहली बार मुझे अपने ज्ञान पर संदेह हो रहा है। मगर मुझे इतना समझ में आ रहा है कि यह पत्ता मेरी अनुभूति में है और इसका एक रंग है, जो मुझे प्रतीत हो रहा है। बचपन से लेकर अब तक जो मुझे उस रंग के बारे में बताया गया है, मैं वह मानकर चल रहा हूँ। इतना तो मैं दावे के साथ कह सकता हूँ।'

|| मौन नियम 24 ||

भगवान बुद्ध ने कहा, 'अब तुम जान गए हो कि इस पत्ते का जो रंग तुम बता रहे हो, असल में वह रंग नहीं है। तो क्या तुम बता सकते हो कि अब यह पत्ता कौनसे रंग का है?'

शिष्य ने जवाब दिया, 'मैं पत्ते का रंग बता नहीं पाऊँगा। अगर हरा शब्द ही निकाल दिया जाए तो मैं क्या उत्तर दूँ!'

आगे भगवान बुद्ध ने गहरी बात की ओर इशारा करते हुए कहा, 'तुम इसे पत्ता कह रहे हो, तुमसे किसने कहा कि यह पत्ता है? अगर बचपन से ही लोगों ने तुम्हें बताया होता कि यह टहनी है तो तुम इस पत्ते को टहनी कहते।' अब शिष्य मौन हो गया। फिर बुद्ध ने कहा, 'यह ज्ञान जो शब्दों में दिया जा रहा है वह इशारा है, संकेत है। जिन शब्दों को मानकर बैठे हो, उससे बाहर निकलना होगा। महाकश्यप इस बात को बिना कहे समझ पाया क्योंकि वह साधना के चरम पर था। तुम्हें भी अपनी साधना में पकना है, चरम पर पहुँचना है। ध्यान और साधना द्वारा स्वयं को ऊपर उठाना है।'

इस पर शिष्य ने क्षमा माँगते हुए कहा कि 'मुझे इशारा समझ में आ गया है कि क्यों यह ज्ञान बुद्धि में नहीं आ सकता। अब बुद्धि विलास में अटकने की बजाय मैं जाकर मौन साधना पर गहराई से काम करूँगा।'

इस घटना में भगवान बुद्ध ने जो ज्ञान दिया वह था, गूँगे का गुलकंद या कहें गूँगे का गुड़ या कहें महाकश्यप को मिले कमल का गुलकंद। ....

....

गूँगा गुड़ खाता है लेकिन उसका स्वाद किसी को बता नहीं सकता। उसी तरह यह ज्ञान वही समझ सकता है, जिसने वह अनुभव लिया है।

'मौन' का ज्ञान वह ज्ञान है, जिसे शब्दों में नहीं बताया जा सकता। उसे अनुभव करके ही समझा जा सकता है। परंतु आपको उस मौन की तरफ धक्का दिया जा सकता है।

अब मौन तक पहुँचने के लिए हम एक-एक कदम करके आगे बढ़ेंगे।

पहले कदम पर, हम अपनी पुरानी सोच को समझकर उससे बाहर निकलेंगे ताकि वह मौन में बाधा न बन पाए।

|| मौन नियम 25 ||

दूसरे कदम पर हम अपने इमोशन्स और वृत्तियों से बाहर निकलने का प्रयास करेंगे ताकि वे हमारी ग्रहणशीलता को कम न कर पाएँ।

तीसरे कदम पर हम मौन की नींव तैयार करेंगे, जहाँ हम स्वयं को और मन को गहराई से समझेंगे।

चौथे कदम पर हम समर्पित रहकर, मौन को अभिव्यक्त करेंगे।

आइए, दूसरे खण्ड द्वारा मौन की ओर अपना पहला कदम बढ़ाएँ।

मौन प्रश्न

१. क्या आपको इस बात का ज्ञान है कि आप किस अज्ञान में हैं?

२. ऐसी कौन सी मान्यताओं में आप जी रहे हैं, जिनसे बाहर निकलने का समय आया है?

|| मौन नियम 26 ||

खण्ड 2
चार प्रकार की सोच
मौन में बाधा

❋ मौन के आकाश में विचारों की हवाइयाँ फूटती हैं, फैलती हैं, विलीन होती हैं। उस नजारे को देखने पर खुशी मिल सकती थी लेकिन नहीं मिली क्योंकि उसे एक हवाई की तरह नहीं देखा गया। दीवाली में लोग हवाई यानी रॉकेट जलाते हैं। हवाइयाँ तो आसमान में बहुत दिखती हैं लेकिन इंसान को लगता है कि 'जब तक मैंने हवाई नहीं जलाई तब तक मुझे आनंद नहीं आएगा।' इसलिए वह दूसरों द्वारा लगी हवाइयों को देखकर खुश नहीं होता। दूसरी ओर, आनंद लेनेवाला हर बात से आनंदित होता है, हर घटना में आनंद लेता है। फिर चाहे हवाई (विचार) किसी भी शरीर से आए, आनंदित इंसान उसे देखकर आश्चर्य करता है। मान लें, कोई आपसे कहे कि 'मुझे फलाँ विचार आया है।' यदि आप सदैव आनंद में रहनेवाले इंसान हैं तो आप कहेंगे, 'अच्छा ऐसा है क्या? अच्छी बात है कि तुम्हें आजकल ऐसा विचार आ रहा है, आजकल तुम्हारे मन में ये विचार हैं कि ''विचार कैसे आता है।'' विचार लक्षण हैं, जो बता रहे हैं आपके भीतर मौन की अवस्था किस मुकाम पर है। ❋

– मौन संकेत... 'विचार नियम' पुस्तक से

4

विचारों के दो विकल्प

क्या मौन आपको खींच रहा है

हर गुजरते पल के साथ, हर घट रही घटना के साथ इंसान के पास दो विकल्प होते हैं– १. वह मौन में रहकर प्रतिसाद दे या २. मन के विचारों में बहकर प्रतिसाद दे।

इंसान अकसर दूसरे विकल्प को चुनता है क्योंकि उसे आज तक पता ही नहीं था कि उसके पास पहला विकल्प भी मौजूद है। बचपन से लेकर आज तक इंसान की पहचान मन से ही करवाई गई है। उसे मौन की पहचान है ही नहीं। मौन की पहचान होने के बाद ही इंसान दूसरे विकल्प को चुन सकता है।

माना कि मौन को शब्दों में नहीं बताया जा सकता परंतु मौन की ओर इशारा ज़रूर किया जा सकता है। मन और मौन के बीच एक पुल है। वह पुल है 'विचार'। कुछ विचार ऐसे होते हैं जो आपको मन (माया) की दुनिया में ले जाते हैं जैसे चलो शॉपिंग करते हैं... मेरे साथ बहुत बुरा हुआ है... मेरी किसी को कदर ही नहीं... सामनेवाले की गलती है.... मैं बदला लूँगा... इत्यादि। ऐसे सारे विचार आपको माया में ज्यादा उलझाते हैं।

जबकि ऐसे विचार भी होते हैं जो आपको मौन की ओर खींचते हैं। जैसे दुनिया

|| मौन नियम 29 ||

बनानेवाला कहाँ रहता है... अच्छे और बुरे दोनों लोगों में भगवान होता है क्या... आज प्रार्थना करके आनंद आया... आज मैंने पुरानी दुश्मनी भुलाकर काम किया तो अंदर से हलका महसूस हुआ... मैंने जो माँगा वह नहीं मिला पर लग रहा है कि अच्छा ही हुआ... ऐसा लग रहा है कि पूरी कायनात आज मेरी मदद में लगी हुई है... इत्यादि।

आज-कल आपको किस तरह के विचार आते हैं, यह बताता है कि आप किस तरफ जा रहे हैं।..

....

मौन की तरफ यात्रा करनी है तो विचारों की दिशा को बदलना होगा। विचारों की दिशा तब बदलेगी जब आप माया के विचारों से मुक्त होंगे, पुरानी सोच से मुक्त होंगे, इमोशन्स से बाहर आएँगे, व्यक्तिगत इच्छाओं के आगे बढ़ पाएँगे।

इस खण्ड में आपको माया की सोच से बाहर लाने का प्रयास किया जा रहा है। इस सोच से बाहर आते-आते आप खुद को मौन के लिए ग्रहणशील होता हुआ पाएँगे। यही ग्रहणशीलता आपमें मौन को प्रकट करेगी।

मौन प्रश्न

१. क्या आप विचारों की दिशा बदलने के लिए तैयार हैं?
२. क्या आप विचारों का दर्शन दूर से कर सकते हैं? (दूरदर्शन)

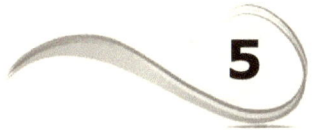

5

जमी हुई सोच

पुरानी रिकॉर्डेड विचारधारा

जिस तरह पानी का बहना ज़रूरी है, उसी तरह विचारों का बहना भी ज़रूरी है। बहते हुए विचार नित नए होते हैं, जिससे जीवन सुंदर तरीके से चलता है। इसके विपरीत जब इनमें से कोई विचार बर्फ की तरह जम जाता है तब वह हमारी सोच को दूषित कर देता है। ऐसी जमी हुई सोच हमारे मस्तिष्क में घर कर लेती है और हम मौन अनुभव से सदा के लिए दूर हो जाते हैं।

जमी हुई सोच का अर्थ है जिद्दी सोच। आइए, एक उदाहरण से समझें कि यह सोच हमारे जीवन पर क्या असर डालती है और इससे मुक्ति कैसे पाई जाए।

आपने आन्सरिंग मशीन देखी होगी। कई लोग जब छुट्टी पर जाते हैं तो आन्सरिंग मशीन में संदेश छोड़कर जाते हैं। ताकि कॉल करनेवाले को यह पता चले कि वे घर पर नहीं हैं। मगर आन्सरिंग मशीन हर परिस्थिति में वही जवाब देगी, जो उसमें रिकॉर्डेड हैं। उस मशीन को पता नहीं है कि सामनेवाले इंसान ने कितनी महत्वपूर्ण बात बताने के लिए फोन किया है।

यदि छुट्टी से लौटने पर भी आन्सरिंग मशीन का पुराना संदेश डिलीट नहीं किया गया तो आप जानते हैं क्या होगा। इससे यह नुकसान हो सकता है कि उन लोगों के

फोन आपने रिसीव नहीं किए, जो आपको कुछ महत्वपूर्ण बात बताना चाहते थे। ऐसे में आपको बहुत पछतावा होगा।

आन्सरिंग मशीन हमारा प्रतीक है और उसमें रेकॉर्डेड मैसेज हमारी जमी हुई सोच का प्रतीक है। हमारी पुरानी सोच सामनेवाले को वही जवाब देगी, जो उसमें रिकॉर्ड किया गया है। अब पुरानी रिकॉर्डिंग को मिटाने यानी उस सोच को अपने मन से डिलीट करने का समय आया है।

बाल्यावस्था में आपके भीतर कोई अहंकार नहीं था इसलिए आपके लिए दोस्त और दुश्मन एक जैसे ही थे। आप सभी को स्वीकृति देते थे। मगर जैसे-जैसे आप बड़े होते गए, वैसे-वैसे माता-पिता, शिक्षकों, पड़ोसी, रिश्तेदारों द्वारा कुछ विचार आपको दिए गए।

जो विचार आप बार-बार दोहराते हैं, वे आपके मन में निर्धारित होते हैं, जम जाते हैं। इंसान के अंदर सुबह से लेकर रात तक कई सारे विचार चलते हैं मगर सहज मन से आनेवाले विचारों से उसे कोई तकलीफ नहीं होती। अष्टमाया से निकले विचार जम जाते हैं, यह जमाई हुई सोच कहती है, 'मैं है... मेरा है... मुझे है... तू है... तेरा नहीं है... तुझे भ्रम है... वह सही है... उन्हें पता है...।' इन सब विचारों से आपकी सोच में जड़ता आती गई यानी आपकी सोच जम गई।

सोचकर देखें कि जैसे घर में बड़ी बेटी का पति सबसे बड़ा जमाई होता है, वैसे सेल्फ का सबसे बड़ा जमाई कौन है? जवाब आएगा, स्वयं को शरीर माननेवाला व्यक्ति (अहंकार, नकली मैं)। अब यह समझें कि स्वयं को अलग माननेवाला यह व्यक्ति आखिर बना कैसे? इंसान के शरीर को देखकर 'मैं' आकार लेता है। जैसे स्त्री के शरीर में जमाया हुआ 'मैं' यानी स्त्री और पुरुष के शरीर में जमाया हुआ 'मैं' यानी पुरुष। शरीर के कपड़ों को देखकर 'मैं' आकार लेता है। इस 'मैं' को बार-बार दोहराकर वह सोच जम गई।

अकसर देखा जाता है कि हर घर में जमाई राजा की बहुत खातिरदारी होती है, 'ये तो हमारा जमाई है, बेटी का पति है, इसे सब कुछ मिलना चाहिए।' ठीक ऐसी ही खातिरदारी इंसान अपनी जमाई हुई सोच की करता है। इसलिए इसे **जमाई सोच** भी कहा जा सकता है।

मान लें कि कोई आपको मुरली देता है तो आप उससे क्या करते हैं? आप उससे

हर सुर निकालने की कोशिश करते हैं। सेल्फ के लिए भी आपका शरीर एक मशीनरी है, जिससे वह सोच पाता है। इसलिए वह इससे बार-बार विचार करता है, अपनी अभिव्यक्ति करता है।

जो लोग बोल-सुन नहीं पाते, उनके लिए यदि ऐसे यंत्र का आविष्कार किया जाए, जिससे वे बोल-सुन पाएँ तो उससे क्या होगा? वे लोग उस यंत्र का भरपूर उपयोग करेंगे। ठीक इसी तरह सेल्फ भी इंसान के मनोशरीर यंत्र द्वारा अपने बारे में हर चीज़ बोलना चाहता है। व्यक्त करना चाहता है। आपको इंसान का शरीर मिला, उसका यही उद्देश्य था। ग्रहणशील होना - मौन नियम को अपने अंदर खुलने देना।

....

यह शरीर मिलने के बाद आपको अपने बारे में जानना था, अपनी पूछताछ करनी थी। जैसे 'मैं कौन हूँ... मैं क्या हूँ... मैं क्यों हूँ... इस शरीर के साथ मैं क्यों जुड़ा हूँ... यह शरीर नहीं होता तो मेरी अवस्था कैसी होती...? आदि।

अब आप यह सब भूल गए और क्या सोचने लग गए कि 'मेरे (शरीर के) साथ ऐसा हुआ... उसने ऐसा किया... उसने वैसा किया...।' बार-बार 'मैं, मेरा, मुझे' बोलने से आपकी सोच जम गई।

फ्रीजर में आइसक्रीम को जमाने से पहले आप तय करते हैं कि आपको कौन से फ्लेवर की आइसक्रीम पसंद है। उसी फ्लेवर की आइसक्रीम आप जमाते हैं। परंतु विचारों के साथ आप ऐसा नहीं करते। जिन विचारों को आप अपने मन में जमाते (निर्धारित करते) हैं, उससे पहले यह नहीं सोचते कि 'मुझे यही फ्लेवर या विचार चाहिए या किसी अलग और उच्च विचार को निर्धारित करना चाहिए?' अकसर ऐसा होता है कि जिन विचारों को आप पसंद नहीं करते, उन्हें ही अपने मन में जमा करके रखते हैं। हमें चाहिए कुछ अलग लेकिन हम खुद से सवाल ही नहीं पूछते कि 'मुझे कौन से विचारों को निर्धारित करना चाहिए?' ऐसे सवाल स्वयं से पूछने के लिए, पहले आपका स्वयं से प्रेम होना आवश्यक है।

जैसे सुबह से लेकर रात तक आप कितना कुछ सोचते हैं, कई सारे विचार आपको आते हैं और चले जाते हैं मगर उससे आपको कोई तकलीफ नहीं होती। तकलीफ ऐसे विचारों से होती है, जो जमे हुए होते हैं और जो सेल्फ के साथ तालमेल नहीं खाते। तकलीफ हो रही है इसका अर्थ ही है कि जमे हुए विचारों का संदर्भ लिया जा रहा है, जो कि गलत संदर्भ है। ये विचार मौन में बाधा बनते हैं।

ऐसे विचारों की पूछताछ होनी चाहिए। हर जमे हुए विचार पर पूछताछ करें कि 'क्या मैं यह विचार चाहता हूँ?' जैसे पुलिस चोर से पूछताछ करती है, वैसे ही आप इनकी पूछताछ करें ताकि मौन नियम आपके अंदर प्रकट हो।

अब मौन की पहली समझ मिलने के बाद आप उससे बाहर आ सकते हैं। वह समझ यह है कि **आप शरीर नहीं हैं, उससे अलग हैं।**

मौन प्रश्न

१. मेरे अंदर कौन सी सोच जम गई है?
२. कौन सी बातों पर मैं बार-बार पुराने तरीके से सोचता हूँ?

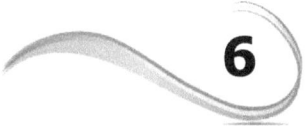

6

अतीत की रिकॉर्डेड सोच

अहंकार युक्त सोच का निर्माण

आपने बच्चे को देखा होगा, वह हर पल कुछ न कुछ नया करता है। दिन में वह कई प्रयोग करता है। जिनमें कभी सफल होता है तो कभी असफल परंतु इसकी परवाह किए बिना, वह उन प्रयोगों का आनंद लेता है।

यही बच्चा जब बड़ा होता है तो 'मुझे सब मालूम है' जैसे विचार उसके मन में बस जाते हैं और वह नए प्रयोग करना बंद कर देता है। यह जमी हुई सोच का साइड इफेक्ट है। कुछ लोग दस साल की उम्र में ही इस विचार के शिकार हो जाते हैं तो कुछ बीस की।

इसके बाद इंसान के जीवन का हर अनुभव एक दोहराव होता है क्योंकि वह नयेपन को ग्रहण करना बंद कर चुका होता है। इससे उसके अंदर बोरडम या उकताहट जैसी भावनाएँ पैदा होती हैं। इस बोरडम से पलायन करने के लिए वह कल्पनाओं का सहारा लेता है, कहीं जाने की सोचता है या सिगरेट-शराब जैसे व्यसन शुरू कर देता है। इंसान यह सब इसीलिए करता है क्योंकि उसे वर्तमान का हर अनुभव किसी पिछले अनुभव जैसा लग रहा होता है, जिससे उसे वर्तमान खलने लगता है।

इंसान को स्वयं से सवाल पूछना चाहिए कि 'क्या मेरा वर्तमान वास्तव में वैसा ही है,

जैसे अतीत था?'...

....

सच तो यह है कि वर्तमान अतीत जैसा कतई नहीं है लेकिन अगर आपका मन अतीत को वर्तमान में लाकर उसे फॉर्मुला बना लेगा और वही करने लग जाएगा, जो अतीत में कर रहा था तो वर्तमान के नयेपन को वह ग्रहण नहीं कर पाएगा। कारण यह है कि अतीत के अनुभव के दौरान आपकी समझ अलग थी और वर्तमान में समझ अलग है।

वर्तमान की समझ से देखेंगे तो आपको साँस की दौलत मिलने की खुशी होगी। **साँस का चलना ही बता रहा है कि आप अनुभव से, मौन से जुड़े हुए हैं, जिसका आपके जीवन में प्रकट होना महत्वपूर्ण है।** परंतु आपका मन साँस को भी अतीत की स्मृति से जोड़कर ही देखता है। साँस को नए ढंग से देखने के बजाय वह उसकी तुलना पुराने अनुभवों (जीवन) से करता है। आस-पास के हर इंसान को पुराने अनुभव से जोड़कर देखता है। आपको अपने मन को ऐसा करने से रोकना है, यही आपका प्रशिक्षण है।

जब आप किसी से मिलते हैं तो उस इंसान के साथ हुई पिछली मुलाक़ात को याद करते हैं। वर्तमान की मुलाक़ात में अतीत की रिकॉर्डिंग बीच में आ जाती है कि 'कल इस इंसान ने मेरे साथ ऐसा किया था... वैसा किया था... पिछली मुलाक़ात में इस इंसान ने मुझसे फलाँ बात कही थी... जो मुझे बुरी लगी थी...' वगैरह-वगैरह। इस तरह की रिकॉर्डिंग बीच में आने पर आप उस इंसान को वैसे नहीं देख पाते, जैसा वह आज है बल्कि उसे अतीत के चश्मे से देखते हैं और फिर उससे उसी तरह का व्यवहार करते हैं, जैसा अतीत में किया था।

जिस तरह १ मन (४० सेर) लकड़ियों में कई सारी लकड़ियाँ होती हैं, उसी तरह १ मन में ढेर सारे विचार होते हैं। यह मन हर जगह, हर घटना के दौरान आकर आपसे कहता है कि 'तुम्हें यह बताना मेरा काम है कि पिछली बार इस जगह क्या हुआ था।' इसीलिए वह आपको हर बार बताता है कि 'फलाँ इंसान से पिछली मुलाक़ात कैसी थी... या पिछली बार फलाँ जगह पर जाकर कैसा महसूस हुआ था...।' जब मन आपको यह सब बताता है तो आप वर्तमान के अनुभव की तुलना उस पिछले अनुभव से करने लगते हैं, इस तरह आप मौन से दूर और शोर से जुड़ने लगते हैं। इसीलिए जब भी मन्न आपको किसी पुराने अनुभव की याद दिलाए तो उस

विचार को बाहर निकाल दें और मन को नए अनुभव के लिए खुला रखें, अतीत की रेकॉर्डिंग से भरी सोच के बजाय आज के अनुभव से देखना शुरू करें।

बार-बार पुराना अनुभव याद दिलाने की आदत के चलते मन ने आज तक आपका बहुत नुकसान किया है। अब मन के बारे में और अधिक सतर्क हो जाएँ। अगर आप ऐसा कर पाए तो सुबह आँख खुलने से लेकर रात को सोने तक आप जो भी अनुभव करेंगे, वे सब आपको विशेष लगेंगे। वास्तव में सारे अनुभव एक-दूसरे से अलग होते हैं। और मौन (खाली रहना) आपको वर्तमान में रहने के लिए मदद करता है।

अहंकार युक्त सोच और दुःख

जब अतीत की सोच को बार-बार दोहराया जाता है तब अहंकार युक्त सोच का निर्माण होता है (मैं, मेरा, मुझे)। अहंकार युक्त सोच के साथ जब घटना मेल नहीं खाती तब इंसान को दुःख होता है। ऐसे में इंसान पहले उस घटना को ठीक करने का प्रयास करता है। यहाँ समझनेवाली बात यह है कि हमें घटना को नहीं बल्कि अपने विचारों को ठीक करना है यानी विचारों को सही दिशा देनी है। यह होते ही आप मजे से हर घटना को देख और स्वीकार कर पाएँगे। बढ़ा हुआ स्वीकार भाव ग्रहणशील होने में मदद करता है।

आप अपनी समस्याओं को आनंद से हल करते हैं या दुःखी होकर? यदि आप दुःखी होकर समस्या को सुलझा रहे हैं तो इसका अर्थ आप समस्या में अपनी अहंकार युक्त सोच का संदर्भ ले रहे हैं। दरअसल वह संदर्भ, सेंटर प्वाईंट, केंद्र बिंदु ही गलत है।

आपको सेल्फ (मौन) से हर घटना व समस्या को देखना है क्योंकि असली संदर्भ सेल्फ है। वहाँ से हर घटना की बराबरी करनी है। अध्यात्म में इसी संदर्भ की बात होती है। यदि संदर्भ गलत होगा तो जीवन में सब कुछ गलत होगा। जीवन के अंत में इंसान को पता चलेगा कि वह हर घटना में गलत संदर्भ पकड़ रहा था। इंसान की सोच में ही कमी है इसलिए उसे अपने अहंकार पर कभी संदेह नहीं हुआ। अगर आपके जीवन में आपको अपने अहंकारी मन पर शक नहीं आया तो जीवन की यात्रा कभी सफल नहीं होगी। अहंकारी मन पर शक आना, उसकी पूछताछ करना और रोज़मर्रा के जीवन में अहंकार का दर्शन होना बहुत आवश्यक है। उससे पता चलेगा कि कैसे अहंकार युक्त सोच आपके जीवन पर असर कर रही है। अगर थोड़ासा भी दुःख आए तो समझें कि अहंकार युक्त सोच हावी हो रही है।

अहंकार युक्त सोच से आप जो भी देखेंगे, परखेंगे वह गलत ही सिद्ध होनेवाला है। इसलिए सबसे पहले आपको ग्रहणशील होना है, स्वयं (आत्मदर्शन) पर जाना है, मौन स्थान पर पहुँचना है। उस स्थान पर जाने के बाद अहंकार युक्त सोच की बड़बड़ बंद होती है। विश्व के हर इंसान के साथ यही हो रहा है इसलिए किसी को भी अपनी सोच पर संदेह नहीं आता। हर कोई अपने अहंकार की बात सुन रहा है। इस सोच को पहचानने के लिए आपको पहले जागना होगा। बिना जागे आप इस सोच को पहचान नहीं पाएँगे। आपको अपनी ही सोच सही लगेगी।

आपको अपनी अहंकार युक्त सोच को फिर से देखना है, स्वयं से यह बार-बार पूछना है कि 'क्या मेरी यह सोच सही है या उस पर पुनर्विचार करने की ज़रूरत है?'

निरंतर अपनी पूछताछ करने के साथ आप देखेंगे कि यह सोच पिघलती जा रही है। फिर एक समय ऐसा आएगा कि यह सोच पूरी तरह पिघल जाएगी। अब सीधे सेल्फ की सोच होगी, बीच में कोई अहंकार नहीं होगा। जो भी कर्म होंगे, वे सब सेल्फ से होंगे।

मौन प्रश्न

१. कहाँ-कहाँ पर आपका मन अतीत में जाता है?

२. कौन सी बातों में आपका मन वर्तमान की तुलना करता है?

३. कौन सी आदत से मन मौन से दूर और शोर से जुड़ने लगता है?

४. कौन से विचार मुझ में दुःख निर्माण करते हैं?

५. मैं घटना को किस संदर्भ से देखता हूँ?

7

पुराना दुःख, पुराना सुख

मौन को खोलने की गुणवत्ता कैसे लाएँ

कल्पना कीजिए कि आप एक ऐसे देश में गए हैं, जहाँ हर चीज़ अगले दिन कुछ और बन जाती है। जैसे आपने फ्रिज़ में ककड़ी रखी तो दूसरे दिन वहाँ से तोंडली निकलती है। किताब में बुकमार्कर रखा तो दूसरे दिन कपड़े टाँगनेवाली क्लॉथ क्लिप (चिमटी) निकलती है। दराज में पेन रखने पर उसकी जगह पेन्सिल निकलती है।

ऐसे देश में आकर आप परेशानी महसूस कर रहे हैं लेकिन आप देखते हैं कि उस देश के लोग खुश हैं। जब आप उनसे उनकी खुशी का राज़ पूछते हैं तो वे बताते हैं कि 'हमने इस बात को स्वीकार कर लिया है कि हमारा हर दिन अलग होनेवाला है, हमें इसी में गुज़ारा करना है। हम बेवजह परेशान होने के बजाय जो मिला है उसमें खुश रहते हैं।'

यही आपकी खुशी का रहस्य है। वर्तमान में जो हो रहा है, उसे स्वीकार करना ही खुशी का रास्ता है। अस्वीकार करेंगे तो खुश नहीं रह पाएँगे। अस्वीकार की वजह से मन में उठनेवाले विचार, मौन के प्रति ग्रहणशील होने में बाधा बनते हैं।

यह दूसरा देश दरअसल आपकी मानसिक दुनिया है। आज आप अपने मन में जो भी डालते हैं, कल उसमें से क्या निकलेगा, यह आपको पता नहीं होता। आपकी

मान्यता है कि 'अगर मैंने ऐसा सोचा तो वैसा ही होना चाहिए... कल मुझे जितनी खुशी मिली, उतनी आज भी मिलनी चाहिए...' जबकि आपकी मानसिक दुनिया में ऐसा नहीं होता है।

समाधान यह है कि अगर आप अपनी मानसिक दुनिया में यह तय कर लें कि 'जो भी निकलेगा, मुझे उसे स्वीकार करना है' तो आप स्वत: ही खुश रहने लगेंगे।

आज आपको जो खुशी मिली है, उसे कल की खुशी से न तोलें बल्कि आज जो आनेवाला है, उसे संपूर्णता के साथ ग्रहण करना सीखें।

अगर जीवन में दु:ख आए तो उसे आज आए हुए दु:ख की तरह लें। उसकी तुलना पुराने दु:ख के साथ न करें। जैसे किसी के घर मेहमान आनेवाले होते हैं तो लोग पिछली तकलीफ को सोच-सोचकर दु:ख भुगतने लगते हैं, 'पिछली बार इनके बच्चों ने बहुत उधम मचाया था... बड़ी आवाज में टी.वी. चलाई थी... जाने इस बार क्या करेंगे!' बजाय इसके, घटना को स्वीकार करें। यदि स्वीकार न हो रहा हो तो इस अस्वीकार को भी स्वीकार करें। उन्हें आने दें और फिर जो भी हो, उसका सामना करें। देखें कि इस बार क्या होता है।

इस तरह **जब आप सुख और दु:ख, दोनों को अपने अतीत से मुक्त कर देंगे तो आज का दु:ख सिर्फ़ आज का होगा, ताज़ा होगा।** आज का आनंद भी सिर्फ़ आज का होगा, ताज़ा होगा। इसे संभव बनाने के लिए आपको अपना नज़रिया खुला रखना होगा।

अगर आपने यह आदत विकसित कर ली तो जीवन में सहज ही आनंद आने लगेगा। फिर मन की ज़िद खत्म होगी और मौन को प्रकट होने का मौका मिलेगा।

अपना नज़रिया खुला रखने के लिए कहें, 'अब मेरी ऐसी कोई ज़िद नहीं है कि पूर्वाग्रहों (पैकेट) से वही निकले, जो मैंने रखा था। आज जो निकलेगा, मैं उसका आनंद लेने के लिए तैयार हूँ। जो भी नया आना चाहता है, उसे आने दूँगा।' इस तरह आपके मन की वह गुणवत्ता तैयार हो जाएगी, जो मौन को खोलने के लिए ज़रूरी है।

अब आपको अपने अंदर ऐसी सहजता लानी है कि अगर पुराना मन बीच में आए तो आप उसे बाजू में रखकर कह सकें कि 'अब तुम्हारा यहाँ कोई काम नहीं है।'

याद रखें अतीत से मुक्त होना ही अध्यात्म का सबसे विशेष हिस्सा है। अगर आप इस ढंग से जीना सीख गए तो आपने अध्यात्म (मौन) का बहुत बड़ा हिस्सा समझ लिया, जिसे आप हजारों पुस्तकें पढ़कर भी नहीं समझ पाते।

मौन प्रश्न

१. कौन से पुराने दुःखों को आप आज तक भुगत रहे हैं?
२. अतीत से मुक्त, आपका वर्तमान कैसा होगा?

8

हर क्रिया होने का राज़
कर्ता भाव की सोच

प्रकृति स्वनिर्मित, स्वचलित और स्वघटित है।

यह एक पंक्ति बहुत ही महत्वपूर्ण है। इसे समझने में इंसान का जीवन बीत जाता है। इस पंक्ति में 'प्रकृति' का अर्थ केवल झाड़, फल, फूल, जानवर नहीं है। प्रकृति में 'इंसान' भी आता है। इसका अर्थ यह हुआ कि इंसान का जीवन स्वचलित व स्वघटित है। हर कर्म 'हो रहा है' किया नहीं जा रहा।

अहंकारी मन इस बात को नहीं मानता। वह कहता है, 'मैंने किया... मैं कर्ता हूँ'। यही कर्ता भाव इंसान को कर्म से बाँध देता है और निर्माण होता है- कर्मबंधन। जब यह पूर्ण रूप से समझ में आएगा कि 'मैं कर्ता नहीं हूँ' तो हर कर्म स्वचलित रूप से होते हुए दिखाई देगा। फिर वह हर घटना को मौन से उठते हुए देखेगा। वह अपने शरीर को भी वहीं से देखेगा कि यह कैसे उठ रहा है... कार्य कर रहा है... कैसे सोच रहा है...।

इस विषय की दृढ़ता प्राप्त करने के लिए, हमें बचपन से शुरुआत करनी होगी। याद करें, जब आप ढाई-तीन साल के थे तब घटनाओं को कौन चला रहा था? जब आप पालने में लेटे हुए थे तब क्या आपने यह सोचकर करवट बदली थी कि 'इस तरह

लेटने से कहीं शरीर में दर्द न हो जाए इसलिए मैं उस तरह लेटता हूँ?' उस समय आपने कुछ भी नहीं सोचा पर घटना तो हुई, आपने करवट बदली।

जब आप खिलौनों के साथ खेलने लगे तो क्या आपने सोचा कि 'आज मुझे कौन से खिलौने के साथ खेलना है, कैसे खेलना है?' नहीं! आप सिर्फ खेलते रहे। क्योंकि आप उस वक्त मौन की अवस्था में थे।

फिर जैसे-जैसे आप बड़े होते गए, आपमें तोलू मन का निर्माण हुआ। तोलू मन हर घटना में तुलना, तौलना करता है और हर कार्य का श्रेय खुद लेता है। जैसे आपके दिमाग में अचानक एक आइडिया, विचार आया। आप कहते हैं कि 'मैंने एक युक्ति सोची।' परंतु मनन करके देखें कि 'क्या वाकई तुमने तरकीब सोची या अपने आप सूझ गई?' हकीकत यह है कि तरकीब लाई नहीं जाती, वह अपने आप सूझती है। यह स्वचलित होता है। जब इंसान को यह राज़ पता चल जाता है तब वह कर्ता भाव से मुक्त होने लगता है।

वास्तव में किसी को चवन्नी देना भी आपके हाथ में नहीं है क्योंकि आप कर्ता नहीं हैं। जैसे रास्ते में कोई भिखारी दिखाई दे तो आप उसे चवन्नी देते हैं। कोई आपसे पूछे कि 'आपने उस भिखारी को चवन्नी क्यों दी?' तो आप कहेंगे, 'वह बेचारा अंधा था, बूढ़ा था इसलिए मैंने उसे चवन्नी दे दी।' मगर अपने आपसे पूछकर देखें कि 'क्या आप हर अंधे, हर बूढ़े या लाचार को चवन्नी देते हैं?' जवाब आएगा, 'नहीं।' उस वक्त आपको विचार आ गया और आपने उस भिखारी को चवन्नी दे दी। अगर वह विचार नहीं आता तो आप दूसरा काम करते रहते और वह भिखारी चिल्ला-चिल्लाकर चला जाता। आपके कान में जूँ भी नहीं रेंगती।

पहला विचार कहाँ से आता है?

यहाँ मनन करने योग्य प्रश्न यह है कि ये विचार कहाँ से आते हैं?.................
....

आज तक हम यही सोचते हैं कि हम कर्ता हैं, हम विचार लाते हैं परंतु पहला विचार आप नहीं लाते, पहला विचार आता है 'मौन' से। पहला विचार आने के बाद क्रिया अपने आप हो जाती है। बाद में मन आकर कहता है कि 'यह मैंने किया।' इस तरह वह खुद को कर्ता मान लेता है।

यदि मन को यह समझ मिल जाए कि हर क्रिया स्वतः ही हो रही है तो उसका

कर्ता भाव टूटेगा, ग्रहणशीलता बढ़ने लगेगी। हर कार्य को करनेवाला कोई और है, यह जानने के बाद मन श्रेय लेना बंद कर देगा और कर्ता भाव से मुक्त होने लगेगा।

आप कर्ता नहीं हैं। 'मैं कर्ता हूँ' यह भाव आपको कर्म बंधन में बाँधता है।

जैसे कंप्यूटर में एक चाभी (की) दबाते ही उसकी स्क्रीन पर दस चीज़ें लिखकर आ जाती हैं। अब सोचें कि यदि उस कंप्यूटर को वहम हो जाए कि 'ये दस चीज़ें मैंने लाई हैं' तो आप उससे यही कहेंगे कि 'अरे! मूर्ख यह पहली चाभी नहीं दबाई गई होती तो आगे की दस चीज़ें नहीं आई होतीं।'

ठीक इसी तरह इंसान को पहला विचार दिया जाता है। वह पहला विचार नहीं आएगा तो आगे के विचार भी नहीं आएँगे। पहला विचार आप नहीं ला सकते। हाँ, आगे के दस विचार आपका दिमाग बना सकता है क्योंकि दिमाग की यह रचना की गई है, वह एक विचार पर दस विचार सोच सकता है। मगर वह खुद से नया विचार नहीं ला सकता।

आप सुबह उठते हैं तो क्या होता है? क्या आप पहले सोचते हैं कि 'अभी मुझे उठना चाहिए, अभी सुबह हो गई है या आप पहले उठ जाते हैं?' थोड़ा सोचकर जवाब दें।.... क्या उठना या नहीं उठना आपके हाथ में है? अगर यह आपके हाथ में होता तो कोई मरता ही नहीं। जैसे किसी इंसान को शमशान घाट ले जाया जा रहा है और वह इंसान सोचे कि 'चलो अभी उठते हैं' और उठ जाए। ऐसा नहीं होता क्योंकि पहला विचार लाने की शक्ति इंसान में नहीं है। इंसान मर गया यानी वहाँ विचार आने बंद हो गए।

हमारे पूर्वजों में यह समझ थी इसलिए वे सुबह उठकर प्रार्थना करते थे, 'हे ईश्वर! आपने एक नया दिन दिखाया, इसके लिए धन्यवाद। आपने उठने का विचार दिया इसलिए धन्यवाद!'

आज भी लोग प्रार्थनाएँ कर रहे हैं मगर उनके पीछे की समझ लुप्त हो गई है। अगर यह समझ होती तो कोई भी इतने तनाव में जीवन नहीं जीता बल्कि समझ के साथ केवल घटनाओं को होते हुए जानता। हर विचार को मौन से उठते हुए देखता।

जब लोहे के टुकड़े चुंबक से दूर होते हैं तो उन्हें लगता है कि हम चुंबक की ओर यात्रा कर रहे हैं। मगर जैसे-जैसे वे चुंबक के नज़दीक जाते हैं, उन्हें यह बात समझ में आ जाती है कि हम चुंबक को नहीं ढूँढ़ रहे थे बल्कि चुंबक हमें ढूँढ़ रहा था, वही हमें

अपनी ओर खींच रहा था।

ठीक इसी तरह हम 'मौन' की तलाश नहीं कर रहे हैं बल्कि मौन हमारी तलाश कर रहा है। वह हमें अपनी ओर खींच रहा है इसलिए हम उस तक पहुँच पाते हैं।

यही समझ आपको स्वयं में लानी है ताकि आप हर कदम मौन की तरफ उठा पाएँ।

मौन प्रश्न

१. कौन-कौन सी घटना में मेरे अंदर कर्ता भाव जगता है?

२. पहला विचार कहाँ से आता है? मुझे दिन में कितने पहले विचार आते हैं?

३. इस शरीर में ईश्वरीय विचार कैसे शुरू हों?

४. कर्ता भाव मुझे मौन से कैसे दूर कर रहा है?

खण्ड 3
चार प्रकार के चक्रव्यूह
मौन में, मन के शिकंजे से बाहर आने के उपाय

❈ विचार एक लक्षण मात्र है, जिससे वास्तव में आपकी खबर मिल रही होती है। विचार से केवल विचार की खबर नहीं मिलती बल्कि मौन अवस्था की खबर भी मिलती है कि वह आज किस मुकाम पर आ चुकी है, वहाँ जाग्रति का कौन–सा स्तर आ चुका है। यदि मन में नफरत के विचार उठते हैं तो वे बताते हैं कि मौन का स्तर बहुत नीचे है। यदि ध्यान में बैठने के बाद मन में यह विचार होगा कि 'मेरे शरीर के माध्यम से ईश्वर कौन–सा गुण प्रकट करना चाहता है? और वह गुण कैसे प्रकट हो?' तो यह चेतना की उच्च अवस्था है। ❈

– मौन संकेत... 'विचार नियम' पुस्तक से

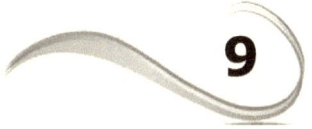

9

आप इमोशन्स के ऊपर हैं

मन की कथाओं के चने

जीवन में जब सकारात्मक घटनाएँ होती हैं तब शरीर में खुशी, आनंद जैसे सकारात्मक इमोशन्स उभरते हैं। परंतु जब नकारात्मक घटनाएँ होती हैं तब नकारात्मक इमोशन्स उभरते हैं जैसे, दुःख, डर, क्रोध, नफरत, द्वेष, तुलना, निराशा आदि।

इमोशन्स का मन में उठना स्वाभाविक है लेकिन उनका मन में जम जाना रोग है। धीरे-धीरे ये इमोशन्स अंदर घर कर जाते हैं और मौका पाकर, उभरकर दुःख निर्माण करने आ जाते हैं। जमी हुई सोच की तरह जमे हुए इमोशन्स भी मौन खुलने, खाली होने में बाधा डालते हैं। यह माया का पहले प्रकार का चक्रव्यू है, जो खतरनाक है।

इंसान को पता ही नहीं है कि उसके नकारात्मक विचार उसके शरीर को कैसी हानि पहुँचा रहे हैं। मन में उठनेवाली अलग-अलग भावनाओं को इंसान रोक नहीं पाता। जैसे जब इंसान का कोई रिश्तेदार अचानक गुज़र जाता है, तब डर या निराशा का इमोशन पहले उसके हृदय में आता है और वहाँ से होकर वह आँखों में आता है। उस घटना पर इतने नकारात्मक विचार आते हैं कि इंसान की आँखों से आँसू बहने लगते हैं। इस तरह ऐसे इमोशन्स जब गहराई में हमारे अंदर प्रवेश करते हैं तो हार्ट अटैक जैसी बीमारियों को जन्म देते हैं।

|| मौन नियम 49 ||

इमोशन को न पालें

इमोशन जब आया तब वह छोटा था, पतला था। आपने उसे अपने अंदर फैलने का मौका दिया। जैसे जब आप होटल में जाते हैं तब अपने कमरे में जाते ही अपना सारा सामान बाजू में रखकर सीधे बेड पर फैलकर आराम फरमाते हैं। उसी प्रकार आपके शरीर में आया हुआ इमोशन पहले तो सिकुड़ा हुआ रहता है मगर बाद में वह अपने पैर फैलाकर बैठ जाता है।

इंसान से यह गलती होती है कि वह उस इमोशन में उलझकर उसकी खूब खातिरदारी करता है। ....

....

उसे अपने मन की कथाओं के चने खिलाकर मोटा करता है। इससे मानसिक ऐसिडिटी हो जाती है और फिर वह शरीर के उस कोने में फैल जाती है, जहाँ पर वह इमोशन आया था। फिर आपका शरीर शिकायत करता है कि सीना भारी हो गया है... जलन हो रही है...। इमोशन के इस असर को आप अपने शरीर पर महसूस करते हैं।

इमोशन्स में दु:खी होकर जब इंसान कथाएँ बनाने लगता है तब इमोशन्स गहरे होते जाते हैं और उसे ऐसे विचार आने लगते हैं– जैसे कोई मुझे पसंद नहीं करता... कोई मुझे प्यार नहीं करता... कोई मुझ पर ध्यान नहीं देता... मेरे साथ सभी भेदभाव करते हैं... घर के लोग मेरी कोई बात सुनते नहीं हैं... आदि। विचारों में इतनी सारी कथाएँ बना–बनाकर इंसान इमोशन्स को जमाता जाता है। फिर वे इमोशन्स आँसुओं के रूप में बहने लगते हैं।

इन इमोशन्स पर काम करना इसलिए ज़रूरी है क्योंकि वे आपका जीवन नर्क बना देते हैं। साथ ही वे आपकी चेतना को गिराते हैं। गिरी हुई चेतना से आपके जीवन में गलत चीज़ें आने लगती हैं। दूसरे शब्दों में कहा जाए तो आप गलत चीजों को आकर्षित करने लगते हैं।

इन इमोशन्स से अपने शरीर को मुक्त करने के लिए आगे दिए गए कारगर तरीके अपनाएँ। फिर आप देखेंगे कि कोई भी इमोशन आपको टच नहीं कर पाएगा।

साँस पर ध्यान दें : जब भी नकारात्मक इमोशन आए तो अपनी साँस पर ध्यान केंद्रित करें। जैसे-जैसे आप साँस धीमी करेंगे वैसे-वैसे इमोशन का असर कम होता जाएगा। यह एक दिन में नहीं होगा। आपको रोज़ यह अभ्यास करना होगा।

इमोशन को समझ की नज़र से देखें : इमोशन्स शरीर में उभरेंगे लेकिन आपको तुरंत उनकी तरफदारी नहीं करनी है... उनमें बह नहीं जाना है... उन्हें सच्चा मानकर दु:खी नहीं होना है... रुकना है, थोड़ा विराम देना है...।

आपको अपने इमोशन को लेबलस न लगाते हुए, समझ की नज़र से देखना है कि 'यह इमोशन मेरे शरीर पर आया है।'... 'मैं केवल साक्षी हूँ, जो इमोशन को देख रहा हूँ।'... 'यह इमोशन अकायम है।'

इमोशन्स के ऊपर चलें : चाहे आप ध्यान में बैठे हैं या अपने रोज़मर्रा के कार्यों में व्यस्त हैं, जब भी कोई इमोशन उभरे तब आपको यह कल्पना करनी है कि आप उन इमोशन्स के ऊपर चल रहे हैं।

आपको यह कल्पना करनी है कि अलग-अलग रंग के कार्ड शीट पेपर्स पर आपने अलग-अलग इमोशन्स लिख दिए हैं। फिर चाहे वे सकारात्मक हों या नकारात्मक। जैसे, दु:ख, डर, क्रोध, नफरत, द्वेष, तुलना, निराशा, शर्म, खुशी आदि। इमोशन्स लिखने के बाद उन कार्ड शीटस् को जमीन पर रखकर आप उन पर यानी इमोशन्स के ऊपर चल रहे हैं।

इसमें आपको समझ यह रखनी है कि जिस वाहन (शरीर) में आप बैठे हैं, वह वाहन इमोशन्स के ऊपर से गुज़र रहा है और आप मालिक (सेल्फ) की सीट पर बैठे हैं। इसका अर्थ है, वे इमोशन्स आपको टच नहीं कर रहे हैं बल्कि वे तो आप जिस वाहन में जा रहे हैं, उस वाहन को टच कर रहे हैं। आप तो केवल जान रहे हैं। इस अभ्यास को यदि आप रोज़ दोहराएँगे तो इमोशन्स बढ़ेंगे नहीं बल्कि कम-कम होते रहेंगे। वे आपकी ग्रहणशीलता को कभी भी कम नहीं कर पाएँगे।

मौन प्रश्न

१. अब आप इमोशन्स को कैसे देखेंगे?

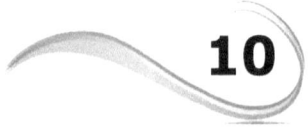

10

दुश-मन का अदृश्य हथियार

मोह-नफरत — कथाएँ-निर्णय-प्रतिक्रिया

मान लीजिए कि आपके दो दुश्मन हैं। एक का हथियार आपको दिखाई दे रहा है लेकिन दूसरे का नहीं। इन दोनों में से आप किसे अधिक खतरनाक मानेंगे? यकीनन दूसरे को। जिसके हाथ में हथियार दिखाई दे रहा है, उसकी दूरी, उसकी तीव्रता, उससे कैसे बचना है, इन सब बातों को आप भाँप सकते हैं। जो हथियार दिखाई नहीं दे रहा, उसके लिए आप क्या करेंगे?

'मन की काल्पनिक कथाएँ' ऐसे ही अदृश्य दुश्मन हैं, जो मौन में बैठने में बाधा बनते हैं। इसे समझ लें ताकि यह दृश्य में आ जाए।

मन कथाएँ गढ़ने में विशेषज्ञ है। यह दूसरे प्रकार का चक्रव्यू है, जिसमें आप उलझ जाते हैं। मन को नई-नई कथाएँ बनाने का केवल मौका चाहिए। वह ये कथाएँ या तो मोह के आधार पर बनाता है या नफरत के आधार पर। मोह और नफरत का मतलब सिर्फ आसक्ति और घृणा नहीं है, इसमें सभी सकारात्मक और नकारात्मक भावनाएँ शामिल हैं। मन को भावनाओं से प्रेम है और वह उन्हें छोड़ना नहीं चाहता। इसलिए इन भावनाओं के आधार पर ही वह निर्णय लेता है।

जैसे अकसर लोग बोलते हैं कि 'मैं मौन में नहीं बैठा क्योंकि बहुत थक गया

था।' यह मन की कथा है, जो शरीर से मोह के आधार पर बनी है। इससे निपटने के लिए आपको मन को नया संदर्भ देना होगा, जैसे 'थक गया हूँ इसीलिए मौन में बैठना ज़रूरी है।' इस तरह अपने मन को उलटा तर्क दें। जब तक मन को इस तरह का तर्क देकर, कोई संदर्भ नहीं दिया जाएगा, तब तक उसे मौन का महत्त्व समझ में नहीं आएगा। वह नई-नई कथाएँ बनाता रहेगा। मन को नया संदर्भ देने से परिणाम भी नए आएँगे।

मन अपनी कथा के अनुसार निर्णय लेता है और प्रतिक्रियाएँ देता है। जबकि पहले उसे घटना के पीछे छिपी सच्चाई दिखाई देनी चाहिए, फिर प्रतिक्रिया होनी चाहिए।

जैसे किसी काम को देखकर मन में विचार आता है कि 'मैं यह काम कैसे करूँ, यह तो मुझे समझ में ही नहीं आएगा, मैं इसे कर ही नहीं पाऊँगा।' ऐसे विचार आते ही अपने मन पर गौर करें और स्वयं से पूछें, 'उस काम को देखकर मेरे अंदर क्या हुआ... मुझे ऐसा क्यों लगा कि मैं इसे नहीं कर पाऊँगा... मुझसे ऐसी प्रतिक्रिया कैसे निकली?' ऐसे सवाल पूछने पर आपमें जागरुकता आएगी और आप सही निर्णय ले पाएँगे।

मौन में बैठने के लिए भी मन इसी तरह कथाएँ बनाता है और आपको रोकता है। जैसे ऑफिस या लंबे सफर से घर आने पर हर इंसान थकावट महसूस करता है। ऐसे समय पर यदि आप बिना मौन में बैठे तुरंत लेट जाते हैं तो आपसे कोई कुछ नहीं कहेगा। लेकिन एक बार आप खुद से पूछकर देखें कि 'क्या मैं लेटकर भी मौन में जा सकता हूँ?'

आपने देखा होगा कि थककर लेटने के बाद भी मन तुरंत सोता नहीं, वह कथाएँ बनाने में समय व्यर्थ गँवाता है जैसे 'ऑफिस में इसने ऐसा किया... उसने वैसा किया... सब काम मुझे ही करना पड़ता है... कभी आराम नहीं मिलता... बॉस को मेरी हालत से कोई फर्क नहीं पड़ता...' 'यह काम अगर करना ही है तो कैसे हो पाएगा।' वगैरह-वगैरह। यह सब सोचकर या तो आपके मन में दूसरों के प्रति गुस्सा आता है या नफरत जगती है। जबकि यही समय मौन में बैठने में लगाया जा सकता था।

इमोशन्स के आधार

जो कथाएँ आप बनाते हैं, वे ही आपके जीवन के निर्णय लेती हैं। ....

....

एक बार यह आपको दिख गया तो आप जागृत हो जाएँगे। अब आपको दुश्मन के हाथ में मौजूद हथियार दिख रहा है और आपको पता है कि उस हथियार

की मारक क्षमता क्या है इसलिए अब आप मन की कथा के अनुसार निर्णय लेने के बजाय सच्चाई के अनुसार निर्णय लेंगे।

मन के हथियार की क्षमता को इस उदाहरण से समझें। कई फिल्मों में ऐसा दृश्य दिखाया जाता है कि विलन, जो हीरो के पास खड़ा है, अपनी जेब में हाथ डालकर हीरो से कहता है कि 'मेरी जेब में पिस्तौल है, जिसका निशाना तुम्हारी तरफ है इसलिए अब मैं जो कहूँगा, तुम वही करोगे वरना मैं तुम्हें जान से मार दूँगा।'

हीरो को विलन की जेब में रखा हुआ हथियार दिखाई नहीं दे रहा लेकिन चूँकि विलन ने बोला है कि उसके पास पिस्तौल है इसलिए हीरो को उसकी बात पर विश्वास हो जाता है। ठीक इसी तरह मन भी आपके ऊपर कथाओं का हथियार तान देता है। फिर आप वही करते हैं, जो वह कहता है। भले ही आपको पता हो कि मन झूठ बोल रहा है, फिर भी आप उसकी बात मान जाते हैं।

यह मन रूपी विलन आपको कहता है, 'फलाँ इंसान के ऊपर गुस्सा करो... फलाँ आदमी की बात मत मानो... फलाँ आदमी की चुगली करो... मैं जो खिला रहा हूँ, वह खाओ और कुछ मत खाओ...' मन की ये सब बातें आप मानते हैं और मन जैसा चाहे आप वैसा ही करते हैं।

इस दुश्मन के छिपे हुए हथियारों को देखने के लिए आपकी दृष्टि इतनी पैनी होनी चाहिए कि आप उसकी जेब में भी देख पाएँ। इसीलिए निरंतर मौन का अभ्यास करना आवश्यक है। मौन अभ्यास करने से आपको पता चलता है कि मन के पास कौन-कौन से हथियार हैं। आप भी यह बात अच्छी तरह जानते हैं कि कई बार इस मनरूपी विलन के पास असली पिस्तौल नहीं होती, बस एक लकड़ी की डंडी होती है, जिसके भरोसे वह आपको अपने हिसाब से चलाता है। केवल अपने डर के कारण आप उसकी बात मान लेते हैं। मन के हथियारों को देख लेने के बाद, आप डर का सामना भी करने लगते हैं। फिर आपको पता चलता है कि इस तोलू मन में तो इतना दम था ही नहीं, जितना सोचा था।

आज़ाद होकर निर्णय लें

मन की सारी कथाएँ हवा-हवाई होती हैं, उनमें कोई सच्चाई नहीं होती जबकि इंसान के जीवन का तो आधार ही सच्चाई है। इसीलिए उसे सच्चाई के अनुसार ही अपने निर्णय लेने चाहिए, न कि मन की कथाओं के आधार पर।

मौन के अभ्यास से आप अपने निर्णयों को लेकर भी जागृत हो जाते हैं। आपको समझ में आने लगता है कि 'वास्तव में मैं किस वजह से निर्णय ले रहा हूँ– जो घटना हुई है, उसकी वजह से निर्णय ले रहा हूँ या उस घटना के साथ जो मोह या नफरत की भावना काम कर रही है या उससे शरीर पर जो निर्माण हुआ है, उसे देखकर मैं प्रतिक्रिया कर रहा हूँ?' जब आपको यह दिख जाए तो अपनी भावनाओं से मोह और नफ़रत जैसे इमोशन्स को निकाल देना संभव होगा। इसके बाद ही यह कहा जा सकता है कि 'आप आज़ाद हैं।'

आज भी मन आपको नए–नए बहाने देता है और आपसे वह सब करवाता जाता है, जो आपको नहीं करना था। जैसे कुछ लोग ज़रूरत से ज़्यादा खाने की आदत बना लेते हैं। इससे उनके अंदर एक सुवेदना उठती है। वे भूल जाते हैं कि उन्हें कितना खाना चाहिए। फिर वे बहाने बनाते हैं कि 'दोस्त ने खाने पर बुलाया था, वह इतने प्यार से बोला कि मैं ना नहीं कह पाया' या 'उसने ज़बरदस्ती मुझे इतना खिला दिया।' ऐसी घटना में अगर आप अपनी भावना को देखेंगे तो आपका निर्णय अलग होगा। आपको समझ में आ जाएगा कि आपको कितना खाना चाहिए।

अब आपको बस यह देखना है कि आप जो भी कर रहे हैं, वह किस वजह से कर रहे हैं और उसमें सुवेदना का हिस्सा कितना है? सुवेदना से आसक्ति टूटने के बाद ही आप जीवन में सही निर्णय लेने के लिए आज़ाद होंगे।

मौन प्रश्न

१. अपनी कौन सी गलतियाँ आपको पहले सही लगती हैं, बाद में गलत सिद्ध होती हैं?

२. आपके निर्णयों के पीछे सच्चाई है या मन की कथाएँ?

३. सुवेदना के कारण आप कैसे माया में अटकते हैं? जागृत होकर देखें और मनन करें।

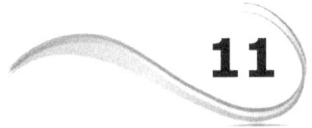

11

अज्ञान का चक्रव्यूह

उत्तेजना की चाहत

आपके सामने दो अवस्थाएँ हैं- गुलामी और आज़ादी। आपको इनमें से किसी एक अवस्था का चुनाव करना है। आप जिस अवस्था का चुनाव करेंगे, उसी अवस्था के अनुरूप आपका जीवन बनेगा। गुलामी की अवस्था आपको माया की दुनिया में ले जाएगी, जबकि आज़ादी की अवस्था में आप परम मौन का आनंद ले पाएँगे।

माया के खेल को समझने के लिए आपको अपने मन के सारे हथियारों को देख लेना होगा। मन का सबसे शक्तिशाली हथियार है 'विकार', माया जिसका इस्तेमाल तीसरे प्रकार का चक्रव्यूह रचने के लिए करती है, 'अज्ञान का चक्रव्यूह'।

'विकार' मन का ऐसा हथियार है, जो हमें माया का गुलाम बनाता है। मन हमें विकारों में उलझाकर हमसे वह सब करवा सकता है, जो हम करना नहीं चाहते। इस खेल में **'मोह'** मन की मदद करता है। यह विकार बहुत शक्तिशाली है। मोह के ज़रिए यह खेल कैसे चलता है, आइए समझें।

अगर कोई चीज़ छोटी हो तो आप उसे आसानी से सँभाल सकते हैं। लेकिन बड़ी हो जाने के बाद उसे सँभालना मुश्किल हो जाता है। मोह के मामले में भी यही होता है।

इंसान मोह को पाल लेता है लेकिन समय के साथ उसका मोह इतना बड़ा हो जाता है कि फिर उससे सँभाला नहीं जाता। यह सब अदृश्य में चलता रहता है। अब इसे दृश्य में लाया जा रहा है और आपको इससे संबंधित अलग-अलग उदाहरण बताए जा रहे हैं ताकि आप इसे साफ-साफ देख सकें।

हर इंसान को तरह-तरह की बातों से, आकर्षक चीज़ों से मोह होता है। जैसे उसे अपनी इच्छाओं... विचारों... विकारों... कारों... सहारों से मोह होता है। आपको स्वयं से पूछना है कि 'मुझे किस चीज़ से मोह है?' अब देखें कि कितनी सारी चीज़ें आपके सामने आएँगी, जिनसे आपको मोह है। इनके सामने आते ही अब आपको बस यह देखना है कि आप जो भी कर रहे हैं, वह किस वजह से कर रहे हैं और उसमें मोह का, आसक्ति का हिस्सा कितना है? एक बार यह बात आपकी पकड़ में आ गई तो आप सही निर्णय ले पाएँगे।

कोई भी निर्णय लेने से पहले उसकी पृष्ठभूमि स्पष्ट होनी चाहिए। पृष्ठभूमि समझे बिना लिए गए निर्णय आपके जीवन के सर्वश्रेष्ठ निर्णयों में से नहीं होते। फिर ऐसे निर्णयों को सही सिद्ध करने के लिए इंसान बहाने बनाता है, नए-नए कारण देता है और अपनी कथाओं को न्यायसंगत ठहराने में उलझा रहता है। ऐसा करके वह अपने मन की कथाओं पर और ज़्यादा विश्वास करने लगता है। इस तरह माया का चक्रव्यूह चलता रहता है।

अगर इंसान को इस चक्रव्यूह का पता नहीं चलेगा तो वह अज्ञान में चला जाएगा। मौन अभ्यास करने से ही आपको आपके मोह के बारे में पता चलेगा। यह अभ्यास आपको बंद आँखों से नहीं बल्कि खुली आँखों से, बाहर की दुनिया में करना है।

१. **उत्तेजना से मोह** : उत्तेजना इंसान को अच्छी लगती है, इससे वह जिंदा महसूस करता है। इसीलिए उसे उत्तेजना से इतना मोह हो जाता है। जब भी उत्तेजना कम होती है तो उसे बुरा और उबाऊ महसूस होता है। इसी उत्तेजना को वापस पाने के लिए वह हमेशा सोचता रहता है कि 'अब क्या करूँ... कहाँ जाऊँ... पिकनिक पर जाऊँ... दोस्तों के साथ पार्टी करूँ...।' यह सब करने के बाद इंसान की उत्तेजना वापस कम होती है और वह उत्तेजना बढ़ाने के लिए कोई और तरीका ढूँढ़ने में लग जाता है।

उत्तेजना शरीर को सुखद एहसास देती है, जिससे इंसान अचानक खुद को ज़िंदा महसूस करने लगता है। इसी वजह से लोगों को पार्टीज में जाना इतना पसंद होता है।

लेकिन इसके कारण उनके अंदर जो भावना उठती है, उससे उन्हें मोह हो जाता है। यही खतरा है क्योंकि उत्तेजना के प्रति मोह के कारण इंसान मौन की तरफ कभी जा नहीं पाता।

इंसान को अपने इस मोह का पता नहीं होता तो उसे समझ नहीं आता कि 'मुझे सब कुछ इतना उबाऊ क्यों लग रहा है? मुझे निराशा क्यों महसूस हो रही है? अच्छा महसूस क्यों नहीं हो रहा है?' उत्तेजना की इस अंधी चाह में इंसान यह देखना भूल जाता है कि दुश्मन मन यह हथियार लेकर उसके सामने खड़ा है, जिसकी वजह से वह निराशा महसूस कर रहा है। उत्तेजना के इस चक्र से मुक्त होने के लिए मोह का टूटना ज़रूरी है।

यूँ तो आपसे कोई ज़बरदस्ती काम नहीं करवा सकता लेकिन जब बात मन की हो तो उलटा होता है। मन की मोह के प्रति चाहत आपसे किसी भी तरह के काम करवा लेती है। आपको पता ही नहीं चलता कि मैं ऐसे (गलत) काम क्यों कर रहा हूँ? उत्तेजना की गुलामी एक बंधन है। आम तौर पर आपको पता ही नहीं होता कि आप ऐसे किसी बंधन में फँस गए हैं इसलिए आप अनजाने में ही उत्तेजना के चक्कर में फँसे रहते हैं। ज़रा सोचें कि इस तरह अनजाने में ही आप अपने साथ कितना बड़ा धोखा कर रहे होते हैं।

२. **श्रेय से मोह** : इंसान को जो चीज़ पसंद आती है, उसे लगता है कि यह उसे ज़्यादा से ज़्यादा मिले। जैसे किसी ने आपको एक बार श्रेय दिया तो उसे पाने की चाहत बढ़ जाती है। पहले अगर दिन में एक बार किसी काम का श्रेय मिल जाता था तो लगता था कि 'वाह! मेरा तो दिन बन गया।' लेकिन अब इससे काम नहीं चलता। अब हर बात का श्रेय चाहिए और वह भी दिन में एक बार नहीं, कई बार।

सच तो यह है कि यदि दिनभर में कोई एक बार तारीफ कर रहा है तो काफी है। उतने से इंसान खुश रह सकता है और उसका जीवन भी हमेशा सुखद बना रह सकता है लेकिन इंसान का मन नहीं भरता। मन को एक नहीं बल्कि हमेशा एक से ज़्यादा चाहिए।

दूसरों से श्रेय प्राप्त करना, तारीफ पाना, उनकी नज़रों में ऊँचा महसूस करना... बस इसी भावना के लिए इंसान हर वक्त जुटा रहता है। अपने चारों तरफ देखिए, माया का यही खेल चल रहा है।

जिसे आज़ादी से प्रेम है, उसे ज़रूर यह सवाल स्वयं से पूछना चाहिए, 'मैं क्या प्राप्त करने के लिए दूसरों की गुलामी कर रहा हूँ? अब तक जो मुझे मिला क्या वह स्थायी था?..

....

जो मिला, यदि वह स्थायी होता तो आपका उसमें उलझना योग्य था। लेकिन वास्तविकता बिलकुल अलग है। इन विकारों में उलझकर आपको जो एहसास मिलता है, वह बस कुछ ही पल चलता है।

वास्तविकता यह है कि स्थायी खुशी, स्थायी संतुष्टि हमारे अंदर ही मौजूद है। लेकिन लोग अपने अंदर झाँकने के बजाय, बाहर की दुनिया में उलझे रहते हैं और सोचते हैं कि वे जो कर रहे हैं, बिलकुल सही कर रहे हैं।

यह ऐसी अवस्था है, जिसमें इंसान माया की दलदल में फँसता चला जाता है। इससे मुक्ति मिलेगी तो वह मौन आज़ादी की तरफ बढ़ पाएगा।

मुख्य सवाल : हर इंसान को खुद से यह सवाल पूछना आवश्यक है कि 'दुनिया में जो भी बड़े कार्य किए जा रहे हैं, वे क्यों किए जा रहे हैं? क्या वे अव्यक्तिगत जीवन के लिए किए जा रहे हैं या सिर्फ उत्तेजना की गुलामी है?' इस सवाल की सच्चाई खुद को ईमानदारी से बताना आवश्यक है। इस सवाल का जवाब पाकर आत्मदर्शन होगा और आपमें योग्य परिवर्तन आएगा।

ईमानदारी बहुत महत्वपूर्ण गुण है। सत्य की राह पर चलनेवाले खोजी में यह गुण होना ही चाहिए। स्वयं के साथ ईमानदारी से बात करने से आप धीरे-धीरे मोह के आकर्षणों और विकारों से स्वतः ही दूर हो पाएँगे। यह ऐसी चीज़ नहीं है, जो ज़ोर-ज़बरदस्ती से हो जाए। इसलिए अगर आज़ादी से अपना प्रेम बढ़ाना है तो सबसे पहले गुलामीवाली चीज़ों की ओर जाना बंद करना होगा। अगर कभी ऐसी स्थिति आ जाती है कि उन चीज़ों की तरफ जाना पड़े तो इतनी सजगता से जाएँ कि कहीं फँसें नहीं।

जब भी आप खुद को झूठ बोलता पाएँ, किसी की चुगली करता पाएँ, गलत निर्णय लेता देखें या उत्तेजना की ओर जाते देखें तो याद रखें कि आपकी मौन के प्रति ग्रहणशीलता कम होती जा रही है। सत्य का साथ देने से आप अपनी ग्रहणशीलता बढ़ा सकते हैं। फिर आपको इनका गुलाम बनने की ज़रूरत नहीं रहेगी।

मौन प्रश्न

१. आपको किन-किन चीजों से मोह है?

२. आज तक आपके निर्णयों का आधार क्या रहा है? अब से आपके निर्णय किस आधार पर होंगे?

12

असुरी आदतें

वृत्तियों का जाल

वृत्तियाँ आपको मौन से दूर रखती हैं। वे आपको माया की ओर खींचती हैं और आपका नुकसान करती हैं। यह माया का चौथे प्रकार का चक्रव्यूह है, जिससे आपको बाहर निकलना है।

आपकी वृत्तियों पर २०-८० का नियम लागू होता है। आपकी २० प्रतिशत वृत्तियाँ ऐसी हैं, जिनकी वजह से आपका ८० प्रतिशत नुकसान होता है। बाक़ी की ८० प्रतिशत वृत्तियों से २० प्रतिशत नुकसान होता है। आपका काम है, उन २० प्रतिशत वृत्तियों को पहचानना, जो ८० प्रतिशत नुकसान के लिए जिम्मेदार हैं।

वृत्तियों से मुक्त होने के लिए आपको एक-एक करके उन सभी २० प्रतिशत वृत्तियों पर काम करना है, जो आपकी ८० प्रतिशत तकलीफ़ों का कारण हैं।

ये वृत्तियाँ कौन सी हैं और कैसे काम करती हैं- इसे नीचे दिए गए उदाहरण से समझें।

एक कंपनी में दो दोस्त काम करते थे। उन्हें एक महत्वपूर्ण कार्य के संदर्भ में, एक मीटिंग में हिस्सा लेने जाना था। उन दोनों में से एक को प्लंबिंग का काम आता था। वह कई साल पहले यह काम कर चुका था।

मीटिंग के लिए वे एक तयनुमा जगह पर पहुँचे। वहाँ के गार्डन में एक नल लगा हुआ था, जो लीक कर रहा था। दोनों ने यह दृश्य देखा। जो प्लंबर नहीं था, अगले ही पल उसका ध्यान वहाँ से हट गया। वह कुछ और देखने लगा। लेकिन प्लंबर का ध्यान लीक हो रहे नल पर ही रहा। क्योंकि यह उसकी आदत थी। ज़्यादातर लोगों के साथ यही होता है। वे अपनी आदत के कारण किसी न किसी दृश्य में उलझ जाते हैं।

उस प्लंबर ने नल का लीकेज देखा और उसे फौरन ठीक करना शुरू कर दिया। उसने नल को अच्छी तरह चेक किया, पानी के लीकेज को ढूँढ़ा, फिर उसने कॉक निकालकर देखा और लीकेज में धागा बाँधने लगा। वह उस दृश्य में व्यस्त हो गया।

जबकि दूसरा दोस्त मीटिंग में व्यस्त रहा। आखिर में जब मीटिंग के आखिरी पाँच मिनट बचे, तब वह प्लंबर फ्री होकर मीटिंग के लिए पहुँचा। वहाँ आने के उद्देश्य को भूलने के कारण वह निराश हो गया। उसे निराश होते देख दूसरे दोस्त ने उसे समझाया, 'तुम यहाँ मीटिंग में हिस्सा लेने के लिए आए थे। तुम्हें यहाँ आते ही उसी पर ध्यान देना चाहिए था।' इस पर उसने कहा, 'मैं क्या करूँ, जब भी मुझे कहीं कोई नल लीक होते हुए दिखता है तो मुझसे रहा नहीं जाता।'

वास्तव में यह उदाहरण किसी और का नहीं बल्कि आपका ही है। यह आपकी ही कहानी है। आपके अंदर की आदतें और कुछ वृत्तियों की वजह से आप मौन के लिए ग्रहणशील नहीं हो पाते। इन वृत्तियों से मुक्त होने के लिए आपको प्रशिक्षण की ज़रूरत होती है।

आपके लिए यह जानना आवश्यक है कि आप कौन से दृश्य देखकर खुद को रोक नहीं पाते? ऐसी कौन सी वृत्ति है, जो आपको अपने लक्ष्य से, सत्य से दूर ले जाती है? वह कौन सी वृत्ति है, जो आपका तप भंग करती है यानी सत्य की राह पर चलते हुए आपके लिए बाधा बनती है, मौन में बैठने नहीं देती, निरंतरता को तोड़ती है? जिस भी वृत्ति से आपकी निरंतरता टूटती है, वह दरअसल असुरी वृत्ति है। असुर का तो काम ही है, दूसरों का तप भंग करना। आप भी अपनी असुरी वृत्ति के चलते अज्ञान में अपना और दूसरों का तप भंग कर देते हैं। असुरी वृत्ति को ऋषि-मुनियों के युग से ही सबसे बड़ा पाप माना गया है।

आपके अंदर असुरी वृत्ति को पूरी तरह समाप्त करने की जागृति होनी चाहिए। मौन में जाकर आप यह जागृति पा सकते हैं।

ऐसी कोई भी वृत्ति आपके अंदर न बचे, जो आपको मौन से दूर ले जाए, आपके उद्देश्य से भटकाए। आपके अंदर ऐसी कोई भी वृत्ति है, जो आपका नुकसान कर रही है तो उससे आपको मुक्त होना ही है।

मौन प्रश्न

१. मेरी कौन सी वृत्तियाँ मुझे अंतिम सत्य से दूर ले जा रही हैं? (जैसे आलस्य, क्रोध, काम को टालना आदि)।

२. मेरी कौन सी वृत्ति की वजह से दूसरों का नुकसान हो रहा है?

13

मौन अनासक्ति कैसे प्राप्त हो
मोह रूपी चक्रव्यूह को समझने के पाँच कदम

बगदाद शहर में एक सूफी संत रहता था। कई लोग उनसे मिलने वहाँ आया करते थे। वहाँ ज्ञान की चर्चाएँ होती थीं। उस सूफी संत का नाम काफी दूर तक फैला हुआ था।

एक दिन एक संन्यासी वहाँ आ पहुँचा। उसने उस सूफी संत का बहुत नाम सुना था इसलिए उनसे मिलने पहुँच गया।

संन्यासी को जब सूफी संत से मिलने के लिए, उनके घर में बुलाया गया तब वहाँ की व्यवस्थाएँ देखकर उसे बड़ा आश्चर्य हुआ। संत के रहने के लिए बड़ा सा मकान बना हुआ था। कई सेवक संत की सेवा में थे। वहाँ आनेवालों की अच्छी आवभगत हो रही थी। उन्हें खिलाया-पिलाया जा रहा था। चर्चा करने के लिए महँगे गद्दे बिछाए थे। दरवाज़े और खिड़कियों पर मखमली परदे लगे थे। जब ज़ोर से हवा आती थी तो वहाँ टँगी घंटियाँ बजती थीं।

यह सब देख संन्यासी ने सोचा, 'यह संत तो काफी ऐशो-आराम से जीवन बिता रहा है। ऐसा भोगी इंसान संत कैसे हो सकता है? मुझ जैसे

संन्यासी का यहाँ से चले जाना ही ठीक है।' यह सोचकर वह वहाँ से जाने लगा।

तभी वहाँ सूफी संत आए और उन्होंने उसे रोकते हुए पूछा, 'आप यहाँ मुझसे मिलने आए थे तो इस तरह बिना मिले वापस क्यों जा रहे हैं?'

संन्यासी ने कहा, 'मैं आपसे कुछ सीखने के लिए आया था। लेकिन यहाँ आकर मैंने देखा कि आप तो इस संसार के प्रति आसक्त हैं। आपसे तो मैं बेहतर हूँ। यहाँ भला मुझे क्या सीखने को मिलेगा? क्योंकि सीखा उसी से जाता है, जो हमसे बेहतर हो इसलिए मैं यहाँ से जा रहा हूँ।'

इस पर सूफी संत ने कहा, 'यदि आप मुझसे बेहतर हैं तो ज़रूर मुझे आपसे सीखना चाहिए। मुझे अपना शिष्य स्वीकार करें। मैं एक क्षण में इन सब चीज़ों का त्याग कर आपके साथ चलूँगा।'

संन्यासी को यह सुनकर आश्चर्य हुआ। उसने संत को साथ चलने की अनुमति दी। संत तुरंत ऐशो-आराम से भरे मकान को अलविदा कह संन्यासी के साथ चल पड़े। वे थोड़ा आगे तक गए ही थे कि अचानक संन्यासी को याद आया कि वह अपना कमंडल संत के मकान में ही भूल आया है। उसने तुरंत संत से अपना कमंडल (लोटा) लेने के लिए वापस चलने को कहा।

सूफी संत ने कहा, 'उस आलिशान मकान का त्याग करने के लिए एक क्षण भी नहीं लगा मुझे। मैं तुरंत आपके साथ चल पड़ा। मेरे भक्तों के प्रति भी मैंने आसक्ति नहीं रखी। क्योंकि मैं जानता हूँ जिसे मेरी ज़रूरत महसूस होगी वह खुद मुझे ढूँढ़ते हुए मेरे पास आएगा। और आप अपने कमंडल के लिए वहाँ वापस जाना चाहते हैं! मैं इतने बड़े महल से भी आसक्त नहीं था और आप अपने कमंडल से इतनी आसक्ति रखते हैं!'

यह सुन संन्यासी की आँखें खुल गईं। उसे अपनी आसक्ति का दर्शन हुआ। उसने जान लिया कि अभी उसे कितना आंतरिक विकास करना है। संत के पैर पकड़कर उसने उनसे क्षमा माँग ली। उनका शिष्य बनकर उनके साथ रहने लगा। आगे संन्यासी ने उस संत से ज्ञान अर्जित किया।

आप जो कर्म करते हैं, उसके साथ भी आपको चिपकाव होता है। आप आते-

जाते कई पेड़-पौधे देखते हैं, उनसे आपकी आसक्ति नहीं होती लेकिन जैसे ही कोई पौधा आपने अपने आँगन में लगाया तो उससे आसक्ति हो जाती है। हमेशा उसे देखकर यह विचार आता है कि 'यह पौधा मैंने लगाया है।' कोई उस पौधे को हानि पहुँचाता है या उसे अपना कहता है तो आपको बुरा लगता है। यह चिपकाव ही आसक्ति है।

आपको आसक्ति से मुक्त होना है ताकि आपका शरीर, मौन के लिए ग्रहणशील हो सके। आइए, मौन अनासक्ति की ओर जाने के पाँच कदम समझ लें।

१. अति आसक्ति

यह आसक्ति का बड़ा रूप है। जब आसक्ति की अति होती है तब लोगों को अपनी गलतियाँ दिखाई नहीं देतीं। वे जो भी कर रहे होते हैं- उनके अलावा, पूरी दुनिया को पता चलता है कि वे कितना गलत कर रहे हैं। जैसे महाभारत में, धृतराष्ट्र को अपने पुत्रों से अति आसक्ति थी। जिसके चलते उन्होंने न केवल पांडवों के साथ हुए अन्याय को अनदेखा किया बल्कि द्रोपदी के साथ हुए अन्याय को भी उन्होंने रोकने की कोशिश नहीं की।

अति आसक्ति के ऐसे कई उदाहरण इतिहास में भरे पड़े हैं। लोग उन्हें सुनकर सँभल जाएँ, समझ जाएँ कि आसक्ति कितना नीचे गिरा सकती है।

२. घटी आसक्ति

जो भी नकारात्मक घटनाएँ होती हैं, उनके साथ इंसान का दु:ख कम-कम होना चाहिए, घटना चाहिए। क्योंकि घटनाएँ दु:ख देने के लिए नहीं आतीं बल्कि आपको जगाने के लिए, आपके विकास के लिए आती हैं। घटनाओं के साथ आसक्ति होने की वजह से लोग दु:खी हो जाते हैं। कुछ लोग तो घटनाओं में और बदतर होते जाते हैं। वे पहले से ज़्यादा नफरत से, अहंकार से भर जाते हैं।

कुछ लोग हमेशा दूसरों पर निर्भर रहते हैं कि 'फलाँ काम होगा तो ही मैं खुश हो पाऊँगा... फलाँ मदद देगा तो मेरा यह काम होगा वरना नहीं हो पाएगा...।' आत्मनिर्भरता न होने की वजह से ऐसे लोगों का अन्य गलत फायदा भी उठाते हैं।

कुछ लोगों की आसक्ति घटनाओं के साथ घटती जाती है। परंतु कुछ लोगों की आसक्ति बढ़ती जाती है। घटनाएँ जो सिखाने आती हैं, वे वह सीखते ही नहीं।

३. फटी आसक्ति

फटी आसक्ति यानी जहाँ दरार आती है। कुछ लोगों के जीवन में ऐसी घटनाएँ होती हैं, जो उनकी आसक्ति को फाड़ देती हैं, तोड़ देती हैं। जैसे गौतम बुद्ध ने किसी बीमार बूढ़े इंसान को देखा, किसी की मृत्यु देखी तो उनकी संसार और शरीर के प्रति आसक्ति टूट गई। उनका जीवन पूरी तरह से बदल गया, रूपांतरण हो गया। उन्होंने राजमहल के ऐशो-आराम तथा रिश्तों को त्यागकर स्व की खोज में निकलने का फैसला किया। जब चीज़ों के प्रति, शरीर के प्रति आसक्ति फट जाती है, टूट जाती है तब इस तरह के फैसले होते हैं। यह है, फटी आसक्ति।

भगवान बुद्ध की तरह कुछ लोगों के लिए एक इशारा काफी होता है और वे मौन की तरफ बढ़ते हैं। कुछ लोगों को बार-बार घटनाओं से गुज़रने के बाद समझ मिलती है।

ऐसे उदाहरण लोगों को प्रेरित करते हैं कि संसार में रहते हुए भी कैसे अनासक्त रहा जा सकता है।

आपको भी अपने शरीर से अनासक्ति रखनी है। जैसे जब अंदर का नारियल सूख जाता है तब ऊपरी आवरण तोड़ने के बाद वह साबुत निकलता है। क्योंकि उसने खोल से फासला बना लिया होता है। ....
....

आपको भी यही करना है। आपको जो शरीर मिला है, उससे फासला बनाए रखना है।

४. आसक्ति से अनासक्ति

इंसान को अपनी चीज़ों से आसक्ति होती है। आसक्ति की वजह से बेकाम की चीज़ें भी घर में पड़ी रहती हैं। इससे घर में चीज़ें जमा होती रहती हैं। घर में नई चीज़ें तो आते रहती हैं लेकिन पुरानी चीज़ें बाहर जाती नहीं हैं। समय-समय पर पुनर्विचार कर कुछ चीज़ें बाहर निकाल देनी चाहिए ताकि वस्तुओं से अनासक्ति हो।

साथ ही ईमानदारी से यह मनन करें कि 'मैं अपनी चीज़ों का इस्तेमाल कर रहा हूँ या चीज़ें मेरा इस्तेमाल कर रही हैं? कौन किसका मालिक बन बैठा है?'

जैसे चीजों से आसक्ति होती है, वैसे ही इंसान को पुराने विचारों से भी आसक्ति होती है। इसलिए जिस तरह घर की सफाई होती है, उसी तरह आपके अंदर भी जो नकारात्मक भावनाएँ, यादें जमा हैं, उनकी सफाई होना भी आवश्यक है। लोगों को क्षमा करके, पुरानी बातों से आपको मुक्त होना है, अनासक्त होना है। स्वयं को खाली करना है ताकि मौन आपके भीतर प्रवेश कर सके।

५. मौन अनासक्ति

अनासक्ति के बाद- अनासक्ति से भी जो आसक्ति होती है, वह टूटे। लोग अनासक्ति पर ही रुक जाते हैं। इसके आगे भी बढ़ना है। अनासक्ति से भी जो आसक्ति होती है, वह टूटनी आवश्यक है। कैसे? आइए, समझें।

लोग घर की सफाई तो कर देते हैं लेकिन किसी ने कोई चीज़ उठाकर यहाँ-वहाँ रख दी तो गुस्सा हो जाते हैं। वे चाहते हैं कि घर हमेशा साफ-सुथरा रहे। हर चीज़ अपनी जगह पर हो। अब वे सफाई और सफाई के साधनों के साथ आसक्त हो जाते हैं। ऐसे में सफाई मानो बीमारी बन जाती है। सफाई की आसक्ति भी छोड़ना आवश्यक है। जब अनासक्ति से भी आसक्ति टूटती है तो वह तेज-अनासक्ति है या कहें मौन अनासक्ति है।

मौन प्रश्न

१. आप किस तरह की आसक्ति में उलझे हैं?

२. मौन अनासक्ति पाने के लिए आप कौन-कौन से छोटे प्रयोग करेंगे?

14

इच्छा मुक्त अवस्था

विकारों के चक्रव्यूह को तोड़ने के लिए मौन प्रतीक्षा की शक्ति

इंतजार है उस इच्छा का, हर इच्छा से जो करे मुक्त...

आप इच्छा करें या न करें, कुदरत आपका विकास, तेज विकास चाहती है और लगातार कर ही रही है। आप इच्छा न भी करें तो भी आपसे वे कर्म करवाए जाएँगे, जो आपको विकास के अगले स्तर पर ले जाएँगे। इच्छा करके जो आप प्राप्त करते हैं, इच्छा न करते हुए भी आपको मिल ही रहा है। मगर इच्छाओं के साथ होता यह है कि इच्छा पूरी होते हुए न दिखे तो इंसान दुःखी हो जाता है। इच्छाओं से उत्पन्न यही दुःख आपको मौन के लिए ग्रहणशील होने से रोकता है।

इच्छा, जीवन को आकार देती है, फिर जीवन इच्छा को आकार देता है। जिसके परिणामस्वरूप इंसान का जीवन इच्छा चलित होता है।

परंतु स्वयं को शरीर जानकर, स्वार्थ से प्रेरित होकर इंसान शुभ-इच्छा छोड़कर, व्यक्तिगत इच्छाएँ रखता है। फिर वह धीरे-धीरे उनके वश होकर अपने जीवन की बागडोर इच्छाओं के हाथ में थमा देता है। अंततः वह मात्र इच्छाओं का गुलाम बनकर रह जाता है।

जैसे एक स्त्री अपने पति से कहती है, 'मेरी मृत्यु के पश्चात यदि आप पेपर में मेरी तसवीर छापेंगे तो कृपया उसमें मेरी उम्र मत लिखना।'

॥ मौन नियम 68 ॥

जरा सोचें, यह कैसी इच्छा है? यदि लोग ऐसी ही इच्छाएँ लेकर पृथ्वी से जाएँगे तो मृत्यु उपरांत जीवन (पार्टटू) में जाकर वे क्या निर्माण करेंगे? वहाँ भी एक ब्यूटी पार्लर खोलकर बैठेंगे ताकि उम्र अधिक न दिखे। उनका बस यह एक ही लक्ष्य है, उससे बड़ा लक्ष्य उनके जीवन में है ही नहीं।

अगर आप अपनी इच्छाओं को खोदकर देखेंगे तो आपको भी इसी तरह की कुछ बेतुकी इच्छाएँ मिलेंगी। आप पृथ्वी पर ऐसी इच्छाओं की पूर्ति करने नहीं बल्कि स्वयं को जानने आए हैं।

इसलिए जो इच्छाएँ खाली समय में पैदा होकर आदत बन गईं, अब उन सबका निवारण करना है। ये इच्छाएँ आपको सत्य से दूर ले जाती हैं, मौन में बैठने नहीं देतीं।

....

आपके अंदर ऐसी कोई इच्छा न बचे, जो आपको सत्य से दूर करे। अब इच्छा न करके भी इच्छा पूरी होने के राज़ को समझें।

जब आपके मन में यह शंका आती है कि 'पता नहीं, फलाँ इच्छा पूरी होगी भी या नहीं?' तब यह विचार तकलीफ देता है, इंतज़ार लंबा लगने लगता है। इच्छा के प्रति आपके मन में जब कोई शंका नहीं होगी तब वह इच्छा आपको तकलीफ नहीं देगी। यह शंका मुक्त अवस्था मौन में आसानी से प्राप्त हो सकती है। इस अवस्था में आप स्वअनुभव के लिए ग्रहणशील होते हैं।

इच्छाओं के साथ इंसान को यह बहुत बड़ी गलतफहमी है कि इच्छा नहीं करेंगे तो काम पूरे नहीं होंगे। मगर जब आप बिना किसी इच्छा के उपस्थित रहते हैं तब आप चुंबक बनते हैं, इस अवस्था में इच्छाएँ स्वतः ही पूरी हो जाती हैं। आपको चुबंक बनकर कैसे उपस्थित रहना है, यह समझें।

कभी-कभार ऐसा होता है कि आप कुछ काम कर रहे होते हैं लेकिन आपको मालूम नहीं होता है कि वह काम ठीक से होगा या नहीं, समय पर पूरा होगा या नहीं। आपको थोड़ा तनाव भी आता है और तभी आप कहते हैं कि 'देखते हैं आगे क्या होता है।' यह कहने के बाद जो प्रतीक्षा/ उपस्थिति होती है, यह वही प्रतीक्षा है जो आपको इच्छाओं के प्रति करनी है। मौन अवस्था में जाकर यह प्रतीक्षा करें। यह अवस्था इच्छा मुक्त अवस्था है परंतु इसमें इच्छा पूरी होने का तरीका भी मौजूद है।

इस प्रतीक्षा में आप यह इच्छा नहीं रखते कि आपका काम जल्दी पूरा हो या बहुत

अच्छे ढंग से पूरा हो। आप सिर्फ प्रतीक्षा करते हैं, यह कहकर कि 'देखते हैं आगे क्या होता है!' सभी इच्छाओं से मुक्त होकर जो अवस्था आती है, उसमें जो प्रतीक्षा होती है, वह प्रतीक्षा आपको करनी है। ज़रा सोचकर देखें कि आपने इस तरह सभी इच्छाओं को अपने अंदर से निकाल दिया तो आपका जीवन कैसा होगा!

मौन प्रश्न

१. इच्छा उठेगी तो आप उसे कैसे देखेंगे?
२. क्या आप बिना किसी इच्छा के उपस्थित रहने के लिए तैयार हैं?

खण्ड 4
मौन मन और मैं की तैयारी

✻ निर्विचार अवस्था आ रही है तो यह शुभ है, चाहे कुछ क्षणों के लिए ही क्यों न हो। दरअसल, अपने अंदर निर्विचार अवस्था लानी है, ऐसा नहीं है। समझ के जरिए आपको पता चलेगा कि निर्विचार अवस्था शुरू से है। उसमें कुछ विचार उठते हैं, विलीन होते हैं। यह न सोचें कि 'अपने होने की अवस्था में विचार नहीं आएँगे। विचार आएँगे और शरीर से काम भी करवाएँगे मगर आप हमेशा जान रहे होंगे कि आप निर्विचार अवस्था में ही हैं, मौन में ही हैं; चलते–फिरते मौन में ही हैं। ✻

– *मौन संकेत... 'विचार नियम' पुस्तक से*

15

वर्तमान में असली किरदार

आपने पहनी हुई पोशाक कौन

आपने मेले में कभी फोटोग्राफी की दुकान देखी होगी। उसमें अलग-अलग पोशाक रखे होते हैं जैसे वकील, इन्स्पेक्टर, डॉक्टर वगैरह। कुछ लोगों को इन पोशाकों में तसवीर खिंचवाना अच्छा लगता है। लोग ऐसी पोशाकें पहनकर शान से कैमेरा के आगे खड़े होते हैं और फोटोग्राफर कहता है, 'स्माइल प्लीज'।

आपके भीतर जो जीवन है, वह भी आपको कहता है 'स्माइल प्लीज' पर कब कहता है? फोटो निकालने से पहले या बाद में, इसे समझें।

आपको दुःखी देखकर, जीवन मुस्कुराकर आपसे कहता है, 'इस समय तुमने दुःखी इंसान की पोशाक पहन रखी है। इसमें फोटो खिंचवाया है। मगर तुम दुःखी नहीं हो। अब इस दुःखी इंसान के किरदार से बाहर आओ और स्माइल प्लीज।'

आपका शरीर व मन, आपने पहनी हुई पोशाकें ही हैं। आप असल में जो हैं, वह इन पोशाकों को पहने हुए है। मौन अभ्यास द्वारा आप स्वयं तक पहुँचते हैं। यह गहरी बात है, जो धीरे-धीरे आपको समझ में आती जाएगी।

पृथ्वी पर इतने शरीर हैं कि गिनती के लिए आँकड़े भी कम पड़ जाएँगे। सेल्फ

|| मौन नियम 73 ||

खुद को अलग-अलग रूप में देखना चाहता है इसलिए उसने अलग-अलग शरीरों का निर्माण किया। सेल्फ अलग-अलग पोशाक में अपनी फोटो खिंचवाना चाहता है, कभी बोर इंसान की पोशाक में... कभी लालच की लाल पोशाक में... कभी कामचोरी की काली पोशाक में...।

गलती तब हो जाती है, जब इंसान स्वयं को पोशाक समझने लगता है, 'यह शरीर मैं हूँ'। फिर वह शरीर व मन को 'मैं' समझकर उलझने लगता है।

सेल्फ आपको अपने भीतर से निरंतर देख रहा है, वह कहता है, 'फोटो खिंच गया, अब अपने किरदार से बाहर आओ। नाऊ स्माइल प्लीज।' यह स्माइल इशारा है कि आप मौन के लिए ग्रहणशील हो रहे हैं।

एक बोर इंसान की पोशाक में फोटो खिंच गया, अब उस बोरियत से बाहर आओ और हँसो, स्माइल प्लीज।

दिनभर में आप कई किरदार निभाते हैं– गुस्सेवाला, नफरत से भरा, द्वेष व ईर्ष्या से भरा... परंतु रोल पूरा होने के बाद आपको वापस अपनी असली अवस्था, मौन अवस्था में आना है। किसी भी किरदार में आपको ज़रूरत से ज़्यादा नहीं उलझना है।

ठीक यही आपको भावनाओं के साथ भी करना है। ....

दुःख, निराशा, बोरडम या क्रोध की भावना उठे तो उनकी भूमिका समाप्त होने के बाद, उस पोशाक को उतार देना है। उसमें उलझना नहीं है।

हर समस्या, हर दुःख, हर तकलीफ से आपको केवल अपना सबक सीखना है। समस्या सुलझने के बाद आपको अपने असली किरदार में वापस आना है, अपने अनुभव, मौन पर लौटना है। किरदार से बाहर आने के बाद अब आप शुद्ध, निराकार, असीम हैं। अब आपकी जो स्माइल होगी, वही आपकी असली स्माइल है।

सकारात्मक या नकारात्मक, चाहे कोई भी पोशाक हो, आप उससे बाहर हैं। आप मौन हैं। इस ज्ञान को जीवन में उतारने के लिए आगे की ऐनालॉजी समझें।

हू एम आए नाउ?

राकेश लंबे समय से बेहतर नौकरी की तलाश में था लेकिन उसे कामयाबी नहीं मिल रही थी। वह हैरान-परेशान सा तकलीफें झेल रहा था। अचानक उसे विदेश में रहनेवाले अपने एक मित्र, रवि की याद हो आई। उसने रवि को फोन लगाकर अपनी हालत बयान की और मदद माँगी।

रवि ने तुरंत हामी भरते हुए कहा, 'तुम मेरे यहाँ आ जाओ, मैं तुम्हें अच्छी सी नौकरी दिला दूँगा।'

राकेश ने कहा, 'मुझे विदेश में नौकरी करने का कोई तजुर्बा नहीं है, क्या मुझे इसके लिए कोई विशेष ट्रेनिंग मिल सकती है?'

'हाँ-हाँ, क्यों नहीं, तुम बस जल्द ही यहाँ आ जाओ, बाकी सब मैं देख लूँगा।'

'ठीक है, मैं जल्द से जल्द आने की कोशिश करता हूँ... मुझे बताओ कि कब, कहाँ और कैसे आना है?'

रवि ने उसे जानकारी देते हुए कहा, 'फलाँ-फलाँ जगह हम दोनों मिलेंगे। तुम वहाँ रात दस बजे पहुंच जाना। वहाँ एक समारंभ है, हम वहीं मिलेंगे।'

राकेश ने उससे पूछा, 'वहाँ पहुँचने पर यदि तुम मुझे दिखाई नहीं दिए तो मैं क्या करूँगा? मैं तो उस मुल्क की भाषा तक नहीं जानता। किसी से बातचीत करने में बड़ी दिक्कत हो जाएगी दोस्त।'

रवि ने तुरंत उसे समाधान बताते हुए कहा, 'यदि तुम्हें कोई भी उलझन हो या कोई आकर तुमसे कुछ कहे तो तुम सिर्फ एक ही शब्द कहना 'वेन (Wain)'। यह कहते ही तुम्हारी समस्या सुलझ जाएगी।'

कुछ ही दिनों में राकेश, रवि के देश जा पहुँचा। जैसा कि आप जानते हैं, दो देशों के बीच समय का पैमाना अलग होता है। इसके चलते राकेश रात दस की जगह, बाहर घंटे पहले यानी सुबह दस बजे पहुँच गया। अब वह समारंभ में अपने मित्र को ढूँढ़ने लगा परंतु उसे वह नहीं मिला।

अचानक उसे अपनी समय की गलती का एहसास हुआ। वह उलझन में पड़ गया कि दिनभर समय कैसे बीतेगा। इतने में एक विदेशी ने आकर अपनी भाषा में उसे टोका। उसे कुछ समझ नहीं आया कि वह क्या कह रहा है। उसे तुरंत रवि की बात याद आई।

उसने सामनेवाले से कहा, 'वेन'। यह सुनते ही विदेशी इंसान चला गया। उसे थोड़ी राहत महसूस हुई।

अब वह समारंभ में घूमने लगा, वहाँ पर सजाई गई खाने-पीने की चीज़ों का निरीक्षण करने लगा, आस-पास की बैठक व्यवस्था को देखने लगा। इतने में एक वेटर ने आकर उसे अपनी भाषा में कुछ कहा। उसे फिर उलझन हुई। पिछली बार की तरह यहाँ पर भी उसने 'वेन' शब्द का इस्तेमाल किया और आश्चर्य की बात है कि वेटर भी तुरंत ही चला गया।

रात को जब रवि उससे मिलने पहुँचा तो उसने देखा कि राकेश बहुत खुशी से बच्चों के साथ खेल रहा था। मित्र को आश्चर्य हुआ। पूछने पर राकेश ने पूरे दिन की आपबीती बता दी।

समारंभ में रात काफी बीत गई। रवि ने उसे एक होटल में कमरा दिलवाया। दोनों ने खाना खाया और उसी कमरे में सो गए।

सुबह आँख खुलते ही रवि ने देखा कि राकेश कमरे में नहीं है। उसने उसे नीचे जाकर ढूँढ़ा। उसे देखकर आश्चर्य हुआ कि राकेश होटल के स्टाफ के काम में हाथ बँटा रहा था। साथ ही वहाँ ठहरे मेहमानों के साथ बातचीत भी कर रहा है। रवि यह दृश्य देखकर खुश हुआ।

उसने राकेश के पास जाकर कहा, 'तुम तो यहाँ पर अच्छे से सेट हो गए हो, सभी के साथ हँस-बोल रहे हो!'

राकेश ने खुशी से कहा, 'हाँ, मुझे यहाँ पर बहुत आनंद आ रहा है। तुम बताओ कि मुझे कौन सी नौकरी करनी है और किस तरह की ट्रेनिंग दी जानेवाली है?'

इस पर रवि ने हँसकर कहा, 'तुम्हारी नौकरी भी पक्की हुई और ट्रेनिंग भी हो गई। इसी होटल में मैनेजर की पोस्ट के लिए मैंने तुम्हें बुलाया था और तुम वह काम बखूबी निभा रहे हो।'

राकेश की खुशी का ठिकाना न रहा। उसने रवि को बहुत धन्यवाद दिए।

इस ऐनालॉजी ने आपके मन में कई सवाल उठाए होंगे, जैसे एक अलग मुल्क से आया हुआ इंसान, जो इतना सहमा-सहमा सा था, उसने भला पूरे दिन में ऐसी कौन सी ट्रेनिंग ली?

इसका जवाब है– वेन, **WAIN – W**ho **A**m **I** **N**ow? इस वक्त मैं कौन हूँ? यह सवाल आपको अपनी पोशाक से बाहर लाने के लिए है। यह सवाल आपको जागृत करेगा, वर्तमान में ले आएगा।

प्रस्तुत कहानी में एक घटना दर्शाई गई, जो एक आम इंसान के रोज़मर्रा के जीवन में आती है। आप सोच रहे होंगे कि यह घटना हमारे जीवन में तो नहीं होती! परंतु यह रोज़ होता है। कैसे? आइए समझते हैं।

दिन में कई बार हम सामनेवाले की बात (भाषा) समझ नहीं पाते। इसके चलते गलतफहमियाँ पैदा होती हैं। जैसे सामनेवाला मुझे इस तरह देख रहा है यानी गुस्से में है... इसने फलाँ बात पर जवाब नहीं दिया यानी मुझसे रूखा व्यवहार किया... फलाँ ने मेरी बात नहीं मानी यानी वह मेरा आदर नहीं करता... फलाँ मित्र मेरा काम नहीं कर रहा है यानी वह सच्चा मित्र नहीं है... मेरा पति मेरी बात नहीं मान रहा यानी वह मुझसे प्रेम नहीं करता... मेरा बॉस मुझे निकम्मा, नकारा समझता है इसलिए मीटिंग में मेरी बात काट देता है... इत्यादि। लोग साधारणतः ऐसी परिस्थितियों से रोज़ गुजरते हैं।

जैसे राकेश को वेन शब्द का सहारा मिला वैसे ही हमें इस शब्द का सहारा लेना है। **'हू एम आय नाउ, इस वक्त मैं कौन हूँ?'** यह सवाल आपको वर्तमान में ले आएगा। पिछले खण्डों में आप एक-एक कदम करके मौन की ओर बढ़ते चले आए हैं। इस यात्रा में पहले आपने अपनी सोच पर कार्य किया और फिर अपनी भावनाओं तथा वृत्तियों पर। अब आप एक ऐसे स्तर पर आ पहुँचे हैं, जहाँ आप अपने आपसे 'वेन' यह सवाल पूछकर वर्तमान अवस्था में आ सकते हैं। 'वर्तमान' उच्चतम आनंद व मौन की अवस्था है। जब आप 'वेन' पूछकर वर्तमान में आते हैं तो मौन के प्रति ज्यादा ग्रहणशील रहते हैं और मौन को आपके अंदर प्रकट होने का मौका मिलता है। यह मौन का, आपके अंदर खुलने का सबसे आसान तरीका है। 'वेन' यह सवाल कैसे और कब पूछना है? आइए, समझते हैं।

जब भी कोई अनचाही या मनचाही घटना हो तो भावनाओं के जगने से पहले स्वयं से पूछें, 'कुछ देर पहले मैं कौन था? मैंने कौन सी पोशाक पहनी थी?' जवाब आ सकता है कि कुछ देर पहले मैं अकड़ू इंसान था... परेशान इंसान था... बोर इंसान था... दुविधा की अवस्था में था... गुस्से में था... अहंकारी था... तुलना कर रहा था... इत्यादि।

फिर पूछें, 'अब मैं कौन हूँ?' यह सवाल पूछते ही आप स्वयं को शरीररूपी पोशाक से बाहर देख पाएँगे। आप वर्तमान में पहुँच जाएँगे। **जैसे ही याद आएगा 'अब मैं कौन हूँ?' तो आप तुरंत अपने असली किरदार में आ जाएँगे, मौन अवस्था में**

आ जाएँगे। फिर देखेंगे कि समस्या सुलझ गई।

कहानी का किरदार राकेश, सुबह 10 बजे से रात 10 बजे तक क्या कर रहा था? वह ध्यान ही कर रहा था। उसके सामने अलग-अलग घटनाएँ आ रही थीं तो वह 'वेन' - 'हू एम आय नाउ?' पूछ रहा था और अनुभव पर जा रहा था। कुछ देर पहले उसने दुविधा की पोशाक पहनी थी, 'वेन' कहते ही वह वर्तमान में था, मौन अवस्था में था। हर घटना में यदि आप स्वयं से 'हू एम आय नाउ?' पूछें तो आप सतत् मौन अवस्था से सही निर्णय ले सकते हैं।

मौन प्रश्न

१. आज दिनभर में आपने किन-किन पोशाकों में अपनी तसवीर निकाली है?

२. स्वयं से पूछें, 'कुछ देर पहले मैं कौन था? कुछ देर पहले मैं क्या कर रहा था? कुछ देर पहले मैं क्या सोच रहा था? मगर अब मैं कौन हूँ?

नोटः अपनी पूछताछ और 'मैं कौन हूँ' इसे और गहराई से समझने के लिए पढ़ें, तेजज्ञान ग्लोबल फाउण्डेशन की पुस्तक 'ईश्वर ही है, तुम हो कि नहीं, यह पक्का करो, पता करो'

16

मूल पर प्रहार - आत्मसाक्षात्कार

मैं शरीर, मैं का विचार और मौन

पोशाक को 'मैं' मान लेने की मान्यता आपको शरीर से चिपकाकर रखती है। आप स्वयं को शरीर मानकर पूरा जीवन जी लेते हैं। मौन को जान ही नहीं पाते हैं। आप कभी यह कल्पना भी नहीं कर सकते कि बिना रूप के भी आपका (असली मैं का) कोई अस्तित्त्व हो सकता है। दरअसल इंसान को अपने चेहरे से इतना चिपकाव हो जाता है कि वह स्वयं को बिना शक्ल के कभी सोच नहीं सकता। इसी को माया कहा गया है, जो इंसान को शारीरिक आकर्षण में उलझाए रखती है।

जैसे चित्र बनाने से पहले चित्रकार कैनवास पर एक आउटलाइन यानी एक सीमा बनाता है, फिर उसमें रंग भरता है। वैसे ही आपका शरीर भी एक आउटलाइन है। इसे आप एक संपूर्ण चित्र समझने की गलती न करें। यदि इस शरीर से आप लगाव रखेंगे तो यह आपके अस्तित्त्व की सीमा बन जाएगा, जबकि आप असीम हैं।

आप जानते हैं कि हर रात नींद में आपकी शरीर की सीमा टूटती है। आप सपनों में दुनियाभर की सैर करते हैं। सुबह उठकर आप कहते हैं कि 'वाह! बहुत अच्छी नींद आयी।' हर इंसान यही चाहता है कि वह सीमा टूटे। सच्ची खुशी, सच्चा आनंद इस सीमा

के टूटने पर मिलता है। इंसान शरीर को मैं मानकर बंधा रहता है। सच्ची खुशी उससे दूर रहती है। जैसे ही शरीर व मन की सीमा टूटती है तो उसे सच्चा आनंद महसूस होता है।

जैसे हम कोई खेल, खेल रहे हों और अचानक पैर में कुछ लग जाए, खून निकलने लगे तो भी हमें उस चोट का एहसास नहीं होता। कई बार हमें पता तक नहीं चलता कि हमें चोट लगी है। जैसे ही कोई हमें बताता है कि 'अरे! यह खून कैसा, चोट लग गई क्या?' तो हमें तुरंत दर्द महसूस होने लगता है। जबकि पहले चोट लगने और खून निकलने के बाद भी कोई दर्द महसूस नहीं हो रहा था। ऐसा इसीलिए हुआ क्योंकि मन पूरी तरह से उस खेल में व्यस्त था। जब किसी ने बताया तब मन उस ओर गया और उसने उस चोट से 'मैं शरीर हूँ' इस विचार को जोड़ दिया। अब आप इस भ्रम में हैं कि 'मुझे चोट लगी है, मेरे पैर से खून निकल रहा है।' इसके बाद ही आपको उस दर्द का दुःख होने लगा।

आनंद तभी आता है, जब मन गायब हो जाता है परंतु मन यह नहीं मानता। मन अकसर कहता है कि 'जब आनंद आया तब मैं था।' नींद आते ही मन हट जाता है और जागते ही आ जाता है। आने के बाद कहता है 'मैं वहाँ (नींद में) था।' आप उसकी इस मान्यता में फँस जाते हैं। ....

....

कोई संगीतकार अपने संगीत के सबसे उच्चतम क्षण में होता है तो दर्शक खूब तालियाँ बजाते हैं। इससे संगीतकार को लगता है कि उसे जो आनंद मिला, वह इन तालियों को सुनकर मिला। जबकि यह उसका भ्रम है।

वास्तविकता यह है कि अपनी कला में डूबने के कारण उसका मन गायब हो गया था। उसके शरीर की सीमा टूट गई थी। इसलिए उसे आनंद आ रहा था। शरीर की यह सीमा जब टूटती है तब इंसान की बेहोशी भी टूटती है।

बेहोशी का निर्माण करने के लिए, मन को हथियार चाहिए। 'मैं का विचार' वही हथियार है। 'मैं' शब्द आपको तुरंत मौन अवस्था से अलग कर देता है। आप सोचते हैं, 'मैं शरीर हूँ', जबकि शरीर तो सिर्फ एक माध्यम है। जब यह कहा गया कि 'मैं शरीर हूँ' तो जो असली 'मैं' है, वह शरीर को अपनी पहचान समझ लेता है और उसके साथ ही इंसान का एक अलग अस्तित्त्व तैयार हो गया। मन का यह खेल बार-बार चलता रहता है।

अब आपको इस खेल से बाहर आना है। अब शरीर से विचार और विचार से मौन की ओर जाना है। मौन की ओर लौटने के लिए समझ चाहिए। समझ ही आपको उस अवस्था तक ला सकती है।

आपके जीवन का हर अनुभव, हर घटना, इस 'मैं' की पहचान को तोड़ने के लिए है। ये घटनाएँ हथौड़े का कार्य करती हैं ताकि यह पहचान टूटे। इससे आप उस मौन अवस्था को जानने लगते हैं, जो इस शरीर को पाने से पहले थी। आप बिना शक्ल-सूरत के भी स्वयं की हकीकत को जानने लगते हैं।

इंसान का जन्म मिलना बहुत बड़ी बात है। यह जन्म तब सफल होता है, जब आपमें यह जागृति आ जाए कि 'मैं शरीर नहीं हूँ।' इसी को सफल व मान्यताओं से आज़ाद जीवन कहा गया है। स्वयं को शरीर मानना यह मूल मान्यता है, जिसके चलते बाकी मान्यताओं का निर्माण होता है।

जब तक आप स्वयं को शरीर मानने की गलती करते रहेंगे तब तक दुःखों से पूरी तरह आज़ाद नहीं होंगे। **पूर्ण आज़ादी का स्वाद तो तब आता है, जब 'मैं शरीर हूँ' की मूल मान्यता टूटती है। इस मूल मान्यता से आज़ाद होने को ही आत्मसाक्षात्कार कहा गया है।**

मौन प्रश्न

१. घटनाएँ आपके 'मैं' की पहचान कैसे तोड़ रही हैं? अपने जीवन में मनन करके देखें।

17

असली और नकली मैं

ध्यान में दर्शन - मौन दर्शन में बोध

जब आप कहते हैं, 'मैं बाजार गया था...', 'मैं बैठा हूँ...', 'मैं ऑफिस जाऊँगा...', 'मैंने खाना खाया...' तो ये सारे वाक्य शरीर को ध्यान में रखकर कहे जाते हैं।

जब आप कहते हैं, 'मुझे दुःख हुआ था... आज खुशी हुई... मैं बोर हो रहा हूँ...' तब आप स्वयं को मन मान रहे हैं क्योंकि शरीर कभी बोर नहीं होता।

जब आप कहते हैं, 'मैंने सोचा... मैंने समझा...' तब आप स्वयं को बुद्धि मान रहे हैं।

जब आप कहते हैं, 'मैं कौन हूँ...? मेरे होने का लक्ष्य क्या है...?' ये वाक्य असली 'मैं' से निकले हैं। इसी 'मैं' को जानना है। इस असली 'मैं' को जान लिया तो समझ लें कि ईश्वर को जान लिया।

जब कोई असली 'मैं' को जानकर यह समझ जाता है कि नकली 'मैं' मात्र एक विचार है तब 'आत्मसाक्षात्कार' (मौन प्रकट) होता है।

नकली मैं : अहंकार, व्यक्तित्त्व, पर्सनैलिटी, नकाब

असली मैं : सेल्फ, स्वअनुभव, स्वाक्षी

'असली मैं' वह है जो 'मैं' की पोशाक पहने हुए है। वह स्वअनुभव, जो सतत् उपलब्ध है। माया में इंसान असली मैं को भूल जाता है। वह नकली मैं यानी पोशाक को अधिक महत्त्व देता है। मौन अभ्यास करते हुए खुद को याद दिलाना आवश्यक है कि 'असली मैं' और 'नकली मैं' के बीच क्या फर्क है।

असली मैं यानी आप जो असल में हैं (Real You) और नकली मैं यानी पोशाक, अहंकार, जो स्वयं को दूसरों से अलग मानता है। यदि आपको स्पष्ट है कि आपके द्वारा कौन बोल रहा है और आप असल में कौन हैं तो नकली मैं कितने भी संवाद बोले आप उससे परेशान नहीं होंगे। उलटा आपके चेहरे पर मुस्कान आ जाएगी।

दिनभर आप नकली मैं के साथ घूमते-फिरते हैं, काम करते हैं। दिनभर की थकान के बाद जब आप नींद लेना चाहते हैं तो नकली मैं को मरना पड़ता है। उसके रहते आप कभी भी गहरी नींद का आनंद नहीं ले पाएँगे। जब असली मैं अकेला रह जाता है तब ही नींद आती है।

जैसे ही आप नींद से उठते हैं, नकली मैं फिर से ज़िंदा हो जाता है और कहता है, 'मैं आपकी सेवा में हाजिर हूँ। चलो, हम मिलकर सभी को कंट्रोल करते हैं।' वह आप पर हावी हो जाता है और उसमें शक्ति आ जाती है। दिनभर में वह एक बार भी समर्पित नहीं होता। उसे मौन में बैठने का भी खयाल नहीं आता। ध्यान में बैठने के बाद कई बार वह विचार लाता है। वह शांत नहीं होता। जबकि शरीर के थकने के बाद वह चाहता है कि सारे विचार जल्दी खत्म हो जाएँ। हालाँकि दिनभर में वह एक बार भी ऐसा नहीं कहता। वह नींद का भी इस्तेमाल अपने फायदे के लिए करना चाहता है।

इंसान का जीवन खुशी से चल रहा है, कोई समस्या नहीं है तो नकली मैं समस्या पैदा करता है।...

....
घर का अशांत वातावरण उसे अच्छा लगता है। नकली मैं दिनभर में कई गलत बातें करता है। जैसे इसे चिढ़ाया... उसे सताया... इसे मारा... उसे अपशब्द कहे... इसके टायर की हवा निकाल दी... उसकी चीज़ें छिपा दीं ताकि वह परेशान हो... यहाँ तक कि वह मारामारी करने के लिए भी उतावला हो जाता है। ये केवल छोटे-मोटे उदाहरण हैं, जिन्हें आप रोज देखते हैं। नकली मैं अपनी हरकतों से 'आ बैल मुझे मार' कहता है

और समस्याओं को न्यौता देता है।

नकली मैं दुनिया में सब कुछ कर सकता है मगर नींद, चैन नहीं ला सकता। यही कारण है कि रात के समय उसे मरना पड़ता है यानी समर्पित होना पड़ता है।

मौन अभ्यास द्वारा आपको 'असली मैं' को केवल रात में ही नहीं बल्कि दिनभर भी जागृत अवस्था में रखना है। साथ ही 'नकली मैं' को दिन में भी समर्पित होने के लिए तैयार करना है।

सुबह उठकर जब नकली मैं, असली मैं पर हावी हो जाता है तब असली मैं कमजोर पड़ जाता है यानी मौन अनुभव धुँधला हो जाता है। वास्तव में सेल्फ तो वैसा ही होता है, जैसा वह हर समय होता है। वह कभी कमज़ोर नहीं होता। लेकिन नकली मैं के प्रभाव से ऐसा महसूस होता है कि अनुभव चला गया या ध्यान टूट गया। जबकि असली मैं सदा ध्यान, मौन अवस्था में ही है।

असली मैं को सदा याद रखने के लिए, स्वयं से सवाल पूछते रहें, 'हू एम आय नाऊ?... अब मैं कौन हूँ?... कुछ पल पहले मैं किसी किरदार में था मगर अब मैं कौन हूँ?' बार-बार सवाल पूछने से नकली मैं का प्रभाव कम होगा और असली मैं उभरकर आएगा।

ध्यान में असली मैं का दर्शन

'असली मैं' को जागृत रखने के लिए, ध्यान की ज़रूरत पड़ती है। ध्यान द्वारा असली मैं का दर्शन किया जा सकता है। इसी से प्रेम, आनंद, मौन की अवस्था प्रकट होती है।

विश्व में लोग अलग-अलग विधियों द्वारा ध्यान कर रहे हैं और ध्यान में भिन्न तरह के अनुभव भी प्राप्त कर रहे हैं। जैसे 'आज ध्यान में ऐसा अनुभव आया... आज ऐसे प्रकाश दिखा... आज ऐसी तरंग उठी... आज शरीर हलका-हलका हो गया... आज तो ऐसा एहसास हुआ कि हम बादलों में चल रहे हैं...' आदि। ध्यान का असली लक्ष्य मालूम न होने की वजह से, लोग ऐसे अनुभवों में अटके हैं। वे इसे ध्यान की सफलता मान लेते हैं। उन्हें लगता है कि हम प्रगति कर रहे हैं। जबकि ध्यान का असली लक्ष्य है- जिसने पोशाक पहनी है, वह स्वयं को जान जाए। किरदारों से बाहर आकर वह स्वयं को पहचाने।

सोचकर देखें कि आपके चेहरे पर असली हँसी कब आएगी? पृथ्वी पर आप

जो किरदार निभा रहे हैं उसमें रहकर या उससे बाहर आकर? किरदार में रहकर तो आज भी आप दुःख-सुख के चक्र में फँसे हुए हैं। इस किरदार से बाहर आकर यानी असली मैं को जानकर ही आपसे असली हँसी निकलेगी। असली मैं को जानने के लिए आपको ध्यान में बैठना होगा। जिस पल आपको यह समझ में आ जाएगा, उस पल से आप ध्यान के समय का भरपूर लाभ लेंगे।

ध्यान मौन का ही अभ्यास है। ध्यान का सरल अर्थ है 'कुछ नहीं करना' परंतु कुछ लोगों के लिए 'कुछ न करना' भी बहुत कठिन हो जाता है। कैसे कुछ भी न करें? पहले खण्ड में जब हमने मौन नियम जाना तब समझा कि 'नींद आने के लिए क्या करना चाहिए?' तो पता चला कि 'नींद आने के लिए कुछ नहीं करना है, सिर्फ जाकर लेट जाना है। नींद लाने की कोशिश करेंगे तो नींद भाग जाएगी। नींद बिना कोशिश किए आसानी से आ सकती है।' ध्यान की भी यही कार्यरीति है, जिसमें कुछ करने की ज़रूरत नहीं, मात्र उपस्थित रहना है। जब हम मात्र उपस्थित रहते हैं (ग्रहणशील होते हैं) तब मौन हमारे अंदर प्रकट होता है। ग्रहणशील होने का अभ्यास आपको ध्यान में बैठकर करना है। इसे हम 'मौन अभ्यास' भी कह सकते हैं।

'मैं' का विचार ही पहला विचार है। इसलिए यदि लगातार अपनी पूछताछ समझ के साथ करते रहें या दिन में थोड़ा समय निकालकर एकांत में 'मैं कौन हूँ?' ध्यान करते रहें तो इस सवाल का जवाब आएगा, जो बुद्धि से नहीं बल्कि स्वयं होकर आएगा। क्योंकि यही मूल और पहला सवाल है। इस 'मैं' के विचार के सिर से बाकी विचार निकलते हैं लेकिन इस विचार के पैर स्वसाक्षी (सेल्फ) से जुड़े हैं। अतः जब तक 'मैं' का विचार नहीं आता तब तक बाकी विचार नहीं आ पाते। इसलिए आवश्यकता है विचारों की जड़ में जाने की, जहाँ से निर्विचार अवस्था का, मौन का दर्शन होगा।

जब तक इस पुस्तक की बातें पूरी तरह से गहराई में नहीं जातीं तब तक आप प्रतिदिन ध्यान में बैठकर मौन अभ्यास करते रहें। ध्यान के बीच में आनेवाले विचार 'नकली मैं' के विचार होते हैं और जब कोई विचार नहीं है तब जो उपस्थित होता है, वही 'असली मैं' है। नकली मैं के बादल आते-जाते रहते हैं मगर असली मैं का आकाश हमेशा अपने स्थान पर उपस्थित रहता है। ध्यान में धीरे-धीरे आपकी यह दृढ़ता बढ़ेगी। फिर केवल असली मैं ही बचेगा।

ध्यान के निरंतर अभ्यास से ना केवल आप दो विचारों के बीच के मौन को पहचान पाएँगे बल्कि दो मौन के बीच में आनेवाले विचारों के प्रति भी जागृत हो जाएँगे।

फिर ऐसी अवस्था आएगी कि शोर में भी आप मौन में रह पाएँगे। उस समय ऐसा ध्यान होगा, जिसमें सांसारिक बातों का शोर समाप्त होने की कोई शर्त नहीं होगी। शोर के रहते भी आप निरंतर ध्यान कर पाएँगे। ध्यान में संपूर्ण बोध मिलने के बाद आनंद, सराहना, भक्ति, अभिव्यक्ति, आश्चर्य और सेवा भाव के ही विचार आएँगे, जो मौन के बीच में आएँगे क्योंकि अब मौन ही बचेगा।

ध्यान द्वारा मौन का अभ्यास करने के लिए आगे दिया गया ध्यान निरंतरता के साथ, रोज़ करें।

१) आँख बंद करके ऐसे बैठेंगे जैसे अब कोई भविष्य नहीं है... यहाँ से आपको कहीं जाना नहीं है...आप हमेशा के लिए यहीं रहनेवाले हैं...।

२) भविष्य होता तो कहीं जाना होता... ऑफिस में काम करने होते... पढ़ाई करनी होती... खाना बनाना होता... बच्चों को खिलाना होता... त्योहारों की तैयारी है करनी होती... कुछ खरीदना होता... व्यायाम करना होता... पर अब कुछ नहीं बचा।

३) जो है, यहीं है। यह अंतिम सत्य है... यही क्षण सत्य है...।

४) आपने भविष्य को ताला लगा दिया है। अब ऐसा कुछ नहीं है जो होनेवाला है। केवल खालीपन... मौन अवस्था है। आप मौन हैं।

५) मौन होने में दिक्कत हो सकती है क्योंकि अभी अभी भूतकाल मौजूद है।

६) अब भूतकाल को भी ताला लगा दें। ऐसे ताला लगाएँ जैसे कि आज के पहले कुछ हुआ ही नहीं था। आप शुरू से यहीं हैं... इसी अवस्था में।

७) अब मन के लिए कोई खाना बचा ही नहीं है। केवल गहरा मौन बचा है। आप मौन हैं... वर्तमान हैं।

८) मन कुछ कहने की कोशिश करे तो उसे याद दिलाएँ कि कोई भविष्य नहीं है... कुछ होनेवाला नहीं है। कोई भूतकाल नहीं है... कुछ हुआ नहीं है। मौन पर ध्यान रखें।

९) भूत और भविष्य नहीं है तो आप आज़ाद हैं। मन का कोई रोल ही नहीं है।

१०) कुछ होनेवाला नहीं है तो आँखें खोलकर देखने की आवश्यकता भी नहीं है। इसलिए आँखें बंद ही रखें।

११) बाहर की आवाजें कान पर पड़ें तो उन्हें नज़रअंदाज़ करें। सिर्फ अपने अनुभव पर... मौन पर ध्यान दें।

१२) अब धीरे-धीरे आँखें खोलें।
बिना भूत और भविष्य के रहना आ गया तो आप मौन में ही हैं।

मौन प्रश्न

१. 'नकली मैं' आपके लिए दिनभर में कौन-कौन सी समस्याएँ निर्माण कर रहा है?
२. 'असली मैं' को जानने के लिए आप रोज कितने समय के लिए ध्यान करते हैं?

18

मौन हाईवे की आवश्यकता

विश्वास की भूमिका

एक घना जंगल है, जिसके बीच से एक रास्ता गुज़रता है। यह हाईवे है, जो बगीचे की ओर जाता है। इस जंगल में आनेवाला हर इंसान उस बगीचे की तरफ जाना चाहता है। परंतु जंगल के अंदर और भी कई रास्ते हैं इसलिए इंसान दुविधा में पड़ जाता है। वह बगीचे की ओर जाना चाहता है लेकिन सही रास्ता न मिलने की वजह से जंगल में भटकता रहता है और वह बगीचे की तरफ कभी पहुँच नहीं पाता।

आपके आध्यात्मिक जीवन में भी ठीक ऐसा ही होता है। जहाँ मौन तक पहुँचने के ढेर सारे रास्ते दिखते हैं लेकिन आप सही रास्ते को ढूँढ़ नहीं पाते और दुविधा में फँसकर अंतिम सत्य तक पहुँच नहीं पाते।

इस दुविधा की स्थिति से बाहर आने के लिए, पहले आपको 'विश्वास की अवस्था' में आना होगा। विश्वास पाकर ही आप उस बगीचे यानी मौन अवस्था तक पहुँच सकते हैं।

मौन रूपी बगीचे तक की आपकी इस यात्रा में आप अभी एक ऐसे मकाम तक पहुँचे हैं, जहाँ पर आपने अपनी सोच और भावनाओं के मौन पर होनेवाले असर को समझा है। ध्यान, सत्य श्रवण, सत्य पठन से जैसे-जैसे आपके जीवन में सकारात्मक

परिवर्तन आने लगते हैं वैसे-वैसे आपका विश्वास और दृढ़ होता जाता है। आपमें यह विश्वास भी आने लगता है कि आप माया के इस घने जंगल से गुज़रते हुए भी, उस मौन के बगीचे तक पहुँच सकते हैं। सोच और विकारों पर काम करते हुए आप इस हाईवे पर काफी आगे पहुँच चुके हैं। जिस तरह का विश्वास आपके अंदर तैयार हुआ है, उसके आधार पर मौन आपके जीवन में प्रकट होनेवाला है।

इसके बाद आपको केवल इस हाईवे पर सीधा चलते रहना है। वहाँ बने रहना है। उसे छोड़ना नहीं है।..

....

जैसे-जैसे आप इस हाईवे पर चलेंगे, हवाओं में आपको थोड़ा बदलाव महसूस होगा। भले ही अभी आप बगीचे तक नहीं पहुँचे लेकिन बदलाव की हवा चलने लगती है। इस रास्ते की हवाएँ बगीचे से ही गुज़रकर आ रही हैं इसीलिए उनमें आपको थोड़ी सुगंध भी महसूस होगी। वह सुगंध ही इस बात की ओर इशारा करती है कि आप सही रास्ते पर हैं। इससे आपका विश्वास और बढ़ जाता है। यह सुगंध आपका विश्वास पक्का करती है।

इस हाईवे पर चलते हुए आपको रोज यह पक्का होता जाता है कि 'आप असल में कौन हैं और कौन नहीं हैं' (जिसके कई इशारे आपको इस पुस्तक में पहले ही मिल चुके हैं)। इसके बाद शरीर के लगाव से और अब तक जो लेबल (मैं लड़का... मैं गरीब... मैं खूबसूरत... इत्यादि) लगा रखे थे, उनसे भी आज़ादी मिल जाती है।

इस सच्चे आनंद को महसूस करने के लिए, पठन करते रहें। आगे के अध्याय आपको उस बगीचे तक पहुँचाएँगे, जहाँ मौन आपके जीवन में प्रकट होना शुरू हो जाएगा।

मौन प्रश्न

१. हम बगीचे तक पहुँचने ही वाले हैं, इस बात पर कितना विश्वास तैयार हुआ है?

19

सेल्फ की अजब लीला

विचार किसे हैं

आपको पहले ही बताया गया है कि शरीर एक यंत्र है यानी अचैतन्य है इसलिए वह परेशान नहीं होता। क्या कोई कुर्सी परेशान हो सकती है या क्या कोई माईक परेशान हो सकता है? नहीं! क्योंकि ये अचैतन्य यानी नॉनलिविंग हैं और नॉनलिविंग चीज़ें परेशान नहीं होतीं। फिर भी शरीर को दर्द होता है तो हम कहते हैं कि 'हमें दर्द हो रहा है, हम परेशान हो रहे हैं।' जबकि दर्द या थकान सिर्फ शरीर में है लेकिन शरीर को दर्द होना या उसका थकना कोई बड़ी बात नहीं है। जब शरीर थका होता है तो वह गहरी नींद में चला जाता है।

'मैं हूँ' यानी अपने होने का एहसास। यह एहसास शरीर पर नहीं होता। चूँकि हमारे पास शरीर है इसलिए हम अपने हर अनुभव को शरीर पर उतारने के लिए उतावले रहते हैं। हमारा मन चाहता है कि शरीर उस अनुभव को देखे, उसे पकड़ ले। शरीर के देखने से मन को यह पक्का होते जाता है कि 'मैं देख रहा हूँ।' अनुभव कोई भी हो, मन हमेशा उस अनुभव को शरीर पर देखना चाहता है। उसे यह एहसास नहीं होता कि उसके इस प्रयास को भी कोई देख रहा होता है।

'साक्षी और स्वसाक्षी' की इस समझ के विकसित होने के बाद, मौन में आप

साक्षी नहीं बल्कि स्वसाक्षी हो जाते हैं। जब यह पक्का हो जाएगा तो विचारों की दुनिया में नया परिवर्तन आएगा।

जैसे आप बैठकर सोच रहे हैं कि 'मैं अपने लिए एक किला बनाऊँगा और उसमें साफ-सफाई के लिए दस नौकर रखूँगा।' तभी किसी ने आपको आवाज़ दी, आपका ध्यान भंग हुआ और किले को लेकर आपके विचारों का तारतम्य टूट गया। इसके साथ ही वह किला भी टूट गया। लेकिन यह किला टूटने पर आप दुःखी नहीं होते क्योंकि आपको पता है कि 'यह कोई सचमुच का किला नहीं था, सिर्फ एक विचार था तो दुःख किस बात का?' इसी तरह यह समझें कि सचमुच कोई व्यक्ति या 'अहं' यानी मैं का भाव नहीं होता। वह सिर्फ एक विचार है, फिर भी आप उसे लेकर दुःखी होते हैं। आखिर विचार स्वयं तो दुःखी नहीं होता। मगर इंसान कहता है, 'मैं दुःखी हूँ।' इससे लगता है कि सेल्फ दुःखी है। क्या वाकई सेल्फ दुःखी है या फिर वह बस मज़े ले रहा है। असल में वह खुद ही बोलता है, 'मैं दुःखी हूँ' और इस बात (अपनी लीला) का वह आनंद भी लेता रहता है। जब 'शरीर-मन-व्यक्ति' ये सब विचार हैं, जो खुश या दुःखी नहीं हो सकते, यह समझ उतरती है तब मौन प्रकट होता है। स्वसाक्षी-स्वसाक्षी पर लौटता है।

सेल्फ महाराजा है। जब एक राजा कोई बात कहता है तो प्रजा उसकी बात मानती है। जैसे यदि राजा कहे कि 'पेड़ हरे नहीं, काले होते हैं' तो उसके राज्य के लोग चुपचाप उसकी बात मान लेते हैं, विरोध नहीं करते क्योंकि राजा ने कहा है। वह कुछ भी कह सकता है क्योंकि वास्तविकता यही है कि वह राजा है। उसकी कही हुई हर बात, हर आदेश माना जाता है। इसी तरह जब सेल्फ कहता है कि 'मैं दुःखी हूँ' तो शरीर मान लेता है क्योंकि सेल्फ कह रहा है। जो कभी दुःखी हो ही नहीं सकता, वह कह रहा है कि 'मैं दुःखी हूँ', ऐसे में भला शरीर क्या करेगा? वह तो उसे ही सच मान लेगा क्योंकि सेल्फ कह रहा है। फिर अगले दिन सेल्फ कहता है, 'मैं सुखी हूँ।' शरीर यह भी मान लेता है क्योंकि सेल्फ कुछ भी कह सकता है, उसकी मर्जी है। इसका अर्थ ही वास्तव में कोई दुःखी नहीं है, कोई परेशान नहीं है। असल में सेल्फ अपनी मर्जी से कुछ भी बोलकर मज़े ले रहा है।

....

जैसे रामदास का गुड्डा हो, जिसके अंदर हाथ डालकर उसका मुँह हिलाया जाता है। वह बोलता है कि 'वह रामदास है।' रामदास उस गुड्डे से तरह-तरह की चीज़ें बोलवाता है।

गुड्डा बोलता है कि 'मैं यह सोच-सोचकर परेशान हूँ कि कहीं तीसरा विश्व युद्ध हुआ तो मेरा क्या होगा?' ऐसे में आप उसे यही कहेंगे कि 'पहले यह पक्का करो कि तुम हो क्या?' और वह बस बोलता ही चला जाता है क्योंकि वह अचैतन्य है, नॉनलिविंग है इसलिए ये सब बोलने में कोई हर्ज नहीं है।

जब वह गुड्डा कहता है कि 'मैं बहुत खुश हूँ' तो आप समझ जाते हैं कि असल में कौन खुश है? वह जो भी शब्द बोल रहा है, वे रामदास के विचार हैं। इसीलिए कभी यह विचार उठता है कि 'मैं खुश हूँ' तो कभी यह विचार उठता है कि 'मैं बहुत दु:खी हूँ।' अब आपको यह बात समझ में आएगी कि ये कुछ और नहीं, सिर्फ विचार हैं, जो सेल्फ से उठते हैं। **जब यह पक्का हो जाता है कि सेल्फ कुछ और नहीं, आप ही हैं तो विचार आपको दु:खी नहीं कर पाएँगे।**

अब आपको शरीर से अलग होकर सेल्फ पर शिफ्ट होना है लेकिन विचार भी बिना शरीर के नहीं उतर सकता। उसके लिए शरीर चाहिए, फिर चाहे वह कैसा भी हो लेकिन ज़िंदा हो। इसीलिए अलग-अलग तरह के शरीर बनाए गए, एक ही गुड्डे से काम नहीं चलाया गया। एक गुड्डे से सिर्फ सकारात्मक बातें बुलवाई गईं, दूसरे से सिर्फ नकारात्मक। इंसान के शरीर में दोनों का मिश्रण है, नकारात्मक विचार भी और सकारात्मक भी। लेकिन हर विचार इसी बात का ज्ञान प्रकट करता है कि 'व्यक्ति कौन और कहाँ है, असल में कौन दु:खी है और मैं किसे दु:खी बोल रहा हूँ?'

ये संदेह (सवाल) ही बीज हैं, जो रोज़ इस लगाव को तोड़ रहे हैं। ये बीज समझ से आते हैं। जब समझ होगी तो विचार आने के बाद तुरंत याद आएगा कि 'असल में कौन सोच रहा है?' सेल्फ ही उस विचार को देखता है और उसकी रचना भी वह खुद ही करता है क्योंकि वह अपने आपको महसूस करना चाहता है। उसकी रुचि विचार में नहीं बल्कि खुद को महसूस (स्वअनुभव) करने में है। विचार कोई भी हो, उसके लिए एक ही बात है, उसे तो बस स्वयं का अनुभव करना है।

अगर आप किसी आइने पर लिख दें कि 'मैं दु:खी हूँ या मैं सुखी हूँ' तो उससे कोई फर्क नहीं पड़ता। 'मैं सुखी नहीं हूँ' और 'मैं सुखी हूँ' ये दोनों वाक्य लिखने से काँच का होना ही सिद्ध होगा यानी नकारात्मक विचारों में भी सेल्फ का साक्षात्कार हो सकता है।

विचार तो लगातार चलते ही रहते हैं। आप जान रहे हैं और वह जानने की क्रिया

जहाँ से हो रही है, जब आप वहाँ स्थित हो जाएँगे तो स्थिर हो जाएँगे। जब आप कहते हैं कि 'मैं विचारों को जान रहा हूँ।' तो समझें कि यह बात भी एक विचार ही कहता है कि 'मुझे विचार आया या मैं विचारों को जान रहा हूँ।' जब हम बोलते हैं कि 'हमें यह विचार आया था,' तो वह भी एक विचार ही होता है।

विचार आ जाने के बाद जो जानना है, वह असली जानना नहीं है। वह तो बस मन का–याददाश्त का जानना है। जब विचार चल रहा होता है, उस क्षण अगर 'मैं जाननेवाला नहीं हूँ' तो समझ का विचार उठेगा कि 'विचार चल रहा है और मैं उसे जान रहा हूँ।' यानी जो जाननेवाला है, आपको उस पर स्टैबिलाइज (स्थिर) होना है। धीरे-धीरे यह समझ आपको वहाँ स्टैबिलाइज कर देगी। फिर 'व्यक्ति' या 'मैं का भाव' गिरेगा। इसी को आत्मसाक्षात्कार (सेल्फ रियलाइजेशन) कहा गया है। इसमें कोई इंसान रियलाइज़ नहीं होता, आज तक कभी नहीं हुआ। वास्तव में इंसान का 'मैं का भाव' या 'अहं' गायब हो जाता है, इसके बाद ही रियलाइज़ेशन होती है और उस प्रक्रिया में मौन का स्रोत प्रकट हो जाता है।

मौन प्रश्न

१. 'शरीर-मन-व्यक्ति' ये सब विचार हैं, यह कितना पक्का हुआ है?

२. आप विचारों से परे हैं, यह कितना पक्का हुआ है?

३. ....

20
दो में विभाजित संसार
मन कौन और उसे देखनेवाला कौन

जैसे कि बताया जा चुका है, 'मौन' यह विषय मन के परे का है। मन के बोध का क्षेत्र शब्दों पर आधारित है, जबकि मौन शब्दों के परे है। परंतु ऐसे विषय को भाषा के नियमों के दायरे में रहकर ही समझाना पड़ता है।

पृथ्वी पर यदि चेतना यानी सेल्फ ही है, उसके अलावा कुछ नहीं है तो फिर उसे स्वयं को महसूस करने की ज़रूरत नहीं है। लेकिन विचार आने पर संसार बना और सेल्फ अपना अनुभव करने लगा। अगर उसका ''विचार जगत'' के साथ चिपकाव हो जाए तो व्यक्ति खड़ा हो जाता है यानी 'अहं' या 'मैं का भाव' पैदा हो जाता है। यह 'मैं' अनुभव को देखना चाहता है। परंतु 'मैं' को पता नहीं है कि उसे भी देखा जा रहा है। कैसे? आइए, एक ऐनालॉजी द्वारा समझते हैं।

रोशनदानवाले एक कमरे में एक इंसान बैठा है। उसे लग रहा है कि वह कमरे में कुछ भी करे, बाहर किसी को कुछ पता नहीं चलेगा। जबकि बाहर के लोग उस रोशनदान से सब देख सकते हैं। वे बाहर रहकर, अंदर क्या चल रहा है, यह जान रहे हैं।

अंदर बैठा इंसान उन्हें झाँकते हुए देख लेता है। उसे लगता है कि 'मैं उन लोगों को देखूँ।' अब वह सिर ऊपर उठाकर रोशनदान से बाहर देखने की कोशिश में लग जाता है।

अंदर से देखनेवाला बाहर देख पाता है कि नहीं, इस बात को फिलहाल बाजू में रखते हैं। परंतु यह तो स्पष्ट है कि बाहरवाले, अंदर से देखनेवाले को देख पाते हैं। मतलब देखनेवाले को भी देखा जा रहा है।

मन के साथ भी यही होता है। 'मन' जो सब कुछ देख रहा है, उसे भी देखा जा रहा है। भले ही मन को पता चले या नहीं, भले ही वह इस बात को माने या न माने।

मन का स्वसाक्षी को जानने की कोशिश करना- यह ऐसा ही है जैसे कोई नादान इंसान संगीत को आँखों से देखने की कोशिश करना चाहे- जो कभी नहीं हो सकता।

जो चीज़ आँखों से संबंधित ही नहीं है, उसे पकड़ने के लिए आप आँखों का इस्तेमाल नहीं कर सकते। इसी तरह मन यानी विचार का यह कहना अर्थहीन है कि 'मैं स्वसाक्षी को देखूँ।'

सूर्य से रोशनी पाकर, यदि चाँद इतराए कि वह कितना प्रकाशमान है तो यह उसका भ्रम होगा। इसी तरह मन का भ्रम है कि 'मैं साक्षी बन सकता हूँ, मैं उस स्वसाक्षी को देख सकता हूँ', जबकि वह ऐसा नहीं कर सकता।

शरीर एक यंत्र है तो इस यंत्र को देखा जा रहा है, इस यंत्र में जो विचार उठ रहे हैं उन्हें भी देखा जा रहा है यानी सब कुछ देखा जा रहा है। यदि वाकई इस तरह देखना है तो उसे दो हिस्सों में बाँटना पड़ेगा, तभी देखा जा सकता है। लेकिन दो हिस्सों में बंटने के बाद जो देख रहा होगा, उसे कौन देखेगा? यह उदाहरण इसलिए दिया जाता है ताकि आपको यह पक्का हो जाए कि जो देखना हो रहा है, उसे देखा नहीं जा सकता, वह हुआ जा सकता है।

अब सिर्फ देखना ही बाकी रहेगा और कुछ नहीं। मन की जो ज़िद है कि 'मैं देखूँ, मैं देखूँ,' वह टूट जाएगी। इस ज़िद के टूटते ही मन स्थिर हो जाएगा और ऐसा लगेगा, जैसे सारे विचार बंद हो गए हैं। फिर भी अगर विचार आया तो वह सेल्फ के लिए, अपने आपको महसूस करने के लिए एक आइना बन जाएगा।

जब समझ बढ़ेगी तो मन मौन को देखने के बजाय समर्पित होने लगेगा। उसे समझ में आ जाएगा कि 'मेरा काम देखना नहीं बल्कि यहाँ से हटना है।' मन का हट जाना यानी मन की देखने की इच्छा का विलीन होना है या यूँ कहें कि सेल्फ का अपने आपको देखने का विचार करना बंद होना। इस तरह जागृति में मौन अवस्था प्रकट होती है।

विचार न होने का अर्थ यह नहीं है कि 'मैं' भी नहीं रहा। विचार न होने के बाद भी 'असली मैं' बचता है, जो जान रहा होता है, जो मौन में अनुभव का अनुभव कर रहा होता है।

जहाँ बोध होता है, वहाँ सिर्फ बोध की क्रिया होती है, कर्ता नहीं (मन)। जहाँ जानना होता है, वहाँ सिर्फ जानना हो रहा होता है, जाननेवाला (मन) नहीं होता। जहाँ कोई सपना देखा जा रहा होता है, वहाँ सिर्फ सपना होता है, उसे देखनेवाला नहीं।' ये बहुत गहरी बातें हैं, जिन्हें आप धीरे-धीरे समझते जाएँगे।

समझ की वजह से धीरे-धीरे ऐसे क्षण बढ़ने लगते हैं, जहाँ मन समर्पित रहता है। फिर मन को छोड़कर मौन अवस्था पर जाना आसान हो जाता है।

मौन प्रश्न

१. आपका मन समर्पित होने के लिए कितना तैयार है?
२. आप अभी भी देखना चाहते हैं या हो चुके हैं?

खण्ड 5
मौन का हारमोनियम
मौन अनुभव कैसे लें

✻ मौन की इस यात्रा में, जैसे-जैसे समझ प्राप्त होती है, वैसे-वैसे छोटा सा और थोड़ी देर का अनुभव भी बहुत बड़ी दृढ़ता (विश्वास) देकर जाता है। सत्य की समझ के बढ़ते ही, मौन अपने आप बढ़ने लगता है। चलते, उठते, बैठते हर वक्त आप मौन से ही बातचीत करने लगते हैं।

आपको लगता है कि विचार चले गए तो मौन आया या विचारों के बाद मौन आया, लेकिन ऐसा नहीं है। मौन तो सतत् उपलब्ध है। मौन के अंदर विचार चलते हैं। मौन में ही शब्द उठते हैं और विलीन होते हैं। आप सिर्फ शोर से मौन की तरफ शिफ्ट हो गए। उसके बाद आप हर घटना मौन से देख रहे हैं। ✻

– मौन संकेत... 'विचार नियम' पुस्तक से

21

अपना एहसास-अपना सच

अनुभव का अनुभव

मौन में आप अपने होने के एहसास को बहुत स्पष्ट देख पाते हैं। यह 'असली मैं' का एहसास है। यह स्वअनुभव है, जो शरीर के सभी अनुभवों से परे है। इसी अनुभव का अनुभव करने के लिए मौन का महत्त्व है।

जब असली अनुभव का अनुभव होने लगेगा तो फिर कोई आपको कुछ भी कहे, फर्क नहीं पड़ेगा... कोई कहे 'अरे! तुम्हारे साथ बुरा हुआ... तुम्हारी बेइज्जती हो गई...।' तब भी आप नकली 'मैं' को पहचानकर, उसमें फँसे बिना, अपने एहसास पर रहेंगे।

आइए, आगे दिए गए ध्यान द्वारा अपने होने के एहसास को पकड़ने का प्रयास करते हैं।

१. कुछ देर अपनी आँखें बंद करके शांति से बैठें।

२. अब यह सोचें कि इस वक्त आपका पूरा शरीर बदल चुका है, आपको एक नया चेहरा... नया शरीर दिया गया है।

३. उस शरीर में रहते हुए आप स्वयं को देख रहे हैं।

|| मौन नियम 99 ||

४. अब महसूस करके देखें कि क्या आपका अनुभव, अपने होने का एहसास बदल गया है या वह वैसा का वैसा ही है?

५. आप स्पष्ट जान पाएँगे कि अनुभव तो वैसे का वैसा ही है। उसमें कोई फर्क नहीं है।

६. अब धीरे-धीरे अपनी आँखें खोलें।

आपने महसूस किया होगा कि शरीर बदलने के बावजूद, आपका अनुभव वही है। यानी असली अनुभव शरीर से परे है। यह एहसास शरीर पर नहीं है। हम उस अनुभव को शरीर पर ढूँढ़ने की कोशिश करते हैं। असली अनुभव को महसूस करने के लिए, 'आपको क्या सोचना पड़ा? कुछ नहीं। आपको सिर्फ होना पड़ा। इतना ही आसान है उस अनुभव को पकड़ना। यही है अपने होने का एहसास।

इंसान शरीर के (बाहरी) अनुभवों को महत्त्व देता है। जबकि मुख्य बात कुछ और है, उसे महत्त्व देना है। वह है, अपने होने का एहसास। जब यह एहसास पकड़ में आता है तब जीवन आसान हो जाता है। जब तक यह पकड़ में नहीं आता तब तक इंसान शरीर के एहसास को ही सब कुछ मान लेता है। चूँकि दृश्य हम पर हावी होते हैं, हम उस एहसास को पकड़ नहीं पाते। जो दिख रहा है और जो अनुभव हो रहा है, दोनों में फर्क है। जो दिख रहा है, वह माया है, उसे ज़्यादा महत्त्व दिया जाता है। अनुभव, अपने होने का एहसास ही सत्य है, उसे दूसरे स्थान पर रखा गया है। अपने होने का एहसास दिखाई नहीं देता, उसे सिर्फ मौन में अनुभव किया जा सकता है।

जैसे घड़ी में सुई की टिक-टिक बिना रुके चल रही है, वैसे ही अनुभव भी बिना रुके, सतत् चल ही रहा है। यदि यह अनुभव कुछ देर के लिए रुक जाता तो उसे हम सहजता से पकड़ पाते परंतु ऐसा कभी नहीं होता।

जैसे समुंदर होता है तो उसका किनारा भी होता है। आप समुंदर के अंदर जाकर, उससे बाहर आते हैं इसलिए आप उसे समझ पाते हैं। परंतु अनुभव के साथ ऐसा संभव नहीं है। अनुभव के बाहर नहीं जाया जा सकता क्योंकि उसकी परिभाषा अंदर और बाहर की है ही नहीं। इसलिए उसमें रहते ही हमें उसे जानना है, होना है।

दृश्य में दिखनेवाली चीज़ों के साथ, हम अपने अनुभव को तोलने की गलती करते हैं, उससे हम अनुभव से और दूर होते जाते हैं। जैसे समय, स्पेस और उम्र... ऐसी बहुत सारी चीज़ें हैं, जिनसे हमारा अनुभव बहुत अलग होता है।

|| मौन नियम 100 ||

कैलेंडर का सच

कैलेंडर हमें हमारी उम्र बताता है तो हम उस पर ज़्यादा यकीन करते हैं। अगर आप कैलेंडर में दिन, महीने या साल गिनकर बचपन से लेकर अब तक का अपना जीवन अनुभव से बताएँगे तो लगेगा कि कितना लंबा जीवन जी लिया। मगर अनुभव कुछ और बताता है।

सपने में भी ऐसा ही होता है। सपना चल रहा होता है तो लंबा लगता है लेकिन जागने के बाद, कुछ ही मिनटों का सपना याद रहता है।

．．．．．．．．．

आज तक सपने में किसी ने अपने आपसे यह नहीं पूछा कि 'सपना कितना लंबा है।' सपने से बाहर आने के बाद ही पूछा जाता है कि सपना लंबा था या छोटा।

ठीक इसी तरह आपके जीवन की लंबाई- घड़ी और कैलेंडर बता रहे हैं। आज तक हम कितने साल जीए हैं- यह हमें अनुभव से महसूस नहीं होता। क्योंकि कैलेंडर से अनुभव समझ में नहीं आता।

लोगों का सच

माँ-बाप, पड़ोसी, रिश्तेदार... ये सब हमें बताते हैं कि 'तुम लड़की हो... तुम लड़का हो...' तो हमें ये बातें सच लगने लगती हैं। इन सब बातों से हमें यही बताया जाता है कि 'तुम शरीर हो' और हम यकीन कर लेते हैं।

बचपन से हमने जो सीखा है, बड़े होकर भी हम उसी के आधार पर अपने जीवन के फैसले लेते हैं। हमें उसी पर ज़्यादा यकीन होता है। जो दिख रहा है, अगर उसका अनुभव करने के लिए कहा जाए तो पता चलता है कि अनुभव कुछ और बता रहा है, जबकि आकार कुछ और बता रहा है। हम आकार पर ही यकीन करते हैं क्योंकि हमें हमेशा वही सही लगता है।

समय का सच

घड़ी आपको समय के अनुभव के बारे में बताती है। वह बताती है कि आपने सुबह से लेकर शाम तक आठ घंटे काम किया, लेकिन किसी से पूछा जाए कि 'जब तुम काम कर रहे थे तो तुम्हें असल में कितना समय महसूस हुआ, तुम्हारा अनुभव क्या कहता है?' तब असलीयत समझ में आती है।

जब इंसान अपनी पसंद का काम करता है तो उसे आनंद आता है। ज़्यादा समय तक काम करने के बावजूद उसे वह समय महसूस नहीं होता। वह समय के परे चला जाता है। जबकि अगर कोई ऐसा कार्य करना पड़े, जिसमें आनंद नहीं आ रहा तो इंसान के लिए एक-एक पल भारी हो जाता है।

चूँकि इंसान को अपने अनुभव से ज़्यादा घड़ी पर भरोसा होता है इसलिए उसे, 'यू आर टाईमलेस, एजलेस' 'वेटलेस' जैसे वाक्यों पर यकीन नहीं आता।

हमेशा एक बात याद रखें कि तार्किक शब्दों का इस्तेमाल करने के चक्कर में आप सत्य ही भूल जाएँ, ऐसा न हो।

अगर समय सच है तो सोचकर देखें कि

खुशी के वक्त- 'समय जल्दी गुज़र गया', ऐसा क्यों लगता है!

परीक्षा की तैयारी एक रात में करनी हो- 'समय कैसे बीत गया पता ही नहीं चला', ऐसा क्यों महसूस होता है!

किसी का इंतजार करना हो- 'एक-एक मिनट, एक घंटे के बराबर है', ऐसा क्यों लगता है!

जब कोई देर रात तक घर नहीं लौटता और आप एक घंटे तक उसका इंतजार करते हैं तब 'तीन-चार घंटे हो चुके हैं' ऐसा क्यों महसूस होता है!

समय जब जल्दी गुजरा या बहुत बड़ा लगा तो उस वक्त भी अनुभव में कोई फर्क नहीं था। वह वैसे का वैसा ही था।

इन सवालों से यदि आप समझ चुके हैं कि समय सत्य नहीं है तो यह जागृति आपको असली (मौन) अनुभव के नज़दीक आने में मदद करेगी। चूँकि समय सत्य नहीं है तो उसका अनुभव आपने किया या नहीं, इससे कोई खास फर्क नहीं पड़ता। इसी तरह उम्र का अनुभव आपने किया या नहीं, इससे कोई फर्क नहीं पड़ता। परंतु आप असली अनुभव का जो अनुभव कर रहे हैं, उसमें कहीं गलती हो रही है तो सँभल जाएँ। आप अनुभव हैं। अब अनुभव से जीवन जीवन जीएँ। हर चीज़ अनुभव के आधार पर ही करें।

मौन प्रश्न

१. अनुभव से आपको अपनी उम्र कितनी महसूस होती है?

२. अनुभव के आधार पर जीवन जीने के लिए क्या बाधा महसूस हो रही है?

22

शून्य सकारात्मक है

आपकी यात्रा किस तरफ हो

इंसान को एक विचार यह आ सकता है कि 'मेरा आगे क्या होगा' और दूसरा विचार यह आ सकता है कि 'मैं कौन हूँ?' अब मुख्य बात यह है कि इन दोनों विचारों में से कौन सा विचार उसे मौन अवस्था, स्वअनुभव के नज़दीक लेकर जाएगा?

जैसे आप सपना देख रहे हैं कि आप लोनावला में हैं और पुणे की तरफ आ रहे हैं। जबकि दूसरा इंसान सपना देख रहा है कि वह लोनावला में है और मुंबई की ओर जा रहा है। दोनों पुणे में बैठकर सपना देख रहे हैं और पुणे पहुँचना दोनों की मंजिल है। ऐसे में आपसे पूछा जाए कि 'कौन सा सपना अच्छा है?' तो आप यही कहेंगे कि 'दोनों एक जैसे सपने हैं, दोनों को ही टूटना है। लेकिन मुंबई जानेवाला सपना, पुणेवाले को जीवनभर उलझा सकता है। पुणेवाले सपने में तो कम से कम पुणे पहुँचकर आँख खुल सकती है' सपने टूटने का यही राज़ है।

जैसे किसी माँ से यदि पूछा जाए कि उसे सबसे ज्यादा कौन से विचार आते हैं? तो उसका जवाब होगा कि 'मेरे बच्चे का भविष्य... उसकी दिनचर्या... उसकी सेहत के विचार ज्यादा आते हैं।' अब यदि पूछा जाए कि 'ये विचार मुंबई की तरफ ले जानेवाले हैं

या पुणे की तरफ? यानी ये विचार माया में उलझानेवाले हैं या मौन की तरफ ले आनेवाले हैं?' इसका जवाब उस माँ को देना होगा। यदि वह मौन में जागृत होकर ये विचार कर कर रही है तो उसकी यात्रा सुलझन की तरफ यानी पुणे की तरफ है। यदि वह स्वयं को शरीर मानकर ये विचार कर रही है तो उसकी यात्रा उलझन की तरफ यानी मुंबई की तरफ है। यहाँ मुंबई और पुणे के नाम केवल उदाहरण के लिए इस्तेमाल किए गए हैं।

सपने में इंसान अपनी जगह को छोड़कर, हर जगह होता है। सपने की यही खासियत है। अगर वह किसी तरह अपने स्थान पर आ पहुँचे, जहाँ वह सोया हुआ है तो वह तुरंत जाग सकता है।

ठीक इसी तरह, सही दिशा में लेकर जानेवाला विचार आने से स्वअनुभव पर जाया जा सकता है। इसके लिए हमें औसत के नियम (Law of avarge) के साथ काम करना चाहिए यानी हमें यह देखना होगा कि कितने लोगों का सपना मुंबई की तरफ जाते हुए टूटा है? क्योंकि जागना लक्ष्य है। किस तरह के सपनों से या किस विचार के बारे में विचार आने से ज़्यादा लोगों को आत्मसाक्षात्कार हुआ है? इसके लिए यह गौर करना होगा कि ठीक आत्साक्षात्कार के पहले आखिरी विचार क्या था और सेल्फ खुद को उस पर कितना खींचना चाहता है। वह पुणे की तरफ आ रहा है या मुंबई की तरफ जा रहा है। किसी भी शरीर में आत्मसाक्षात्कार से पहले आखिरी विचार क्या था, यह देखना म हत्वपूर्ण है। यह विचार मौन से उठता है। ....

....

अध्याय के शुरुआत में आपके सामने दो विचार रखे गए। आपको यह परखना है कि दोनों विचारों में से कौन सा आपको स्वअनुभव के नज़दीक लेकर जा रहा है। यात्रा अगर पुणे (स्वअनुभव) की तरफ हो रही है तो सही है। अगर किसी और तरफ हो रही है तो तुरंत रुक जाना। जितनी जल्दी रुकोगे, पुणे से उतना ही कम दूर जाओगे और जब पुणे पहुँच जाओगे तो जाग जाओगे।

कई बार जब इंसान रुक जाता है तो उसे लगता है कि 'मेरी प्रगति रुक गई' परंतु सच्चाई यह नहीं होती। जैसे नकारात्मक से सकारात्मक की ओर जाने के लिए पहले शून्य पर आना होता है। शून्य पर आकर लगेगा कि प्रगति नहीं हो रही। यहाँ यह दृष्टिकोण रखें कि पहले नकारात्मकता की ओर थे, अब सकारात्मकता की ओर आ रहे हैं, इस लिहाज से शून्य पर आकर सकारात्मकता शुरू हो जाती है। नकारात्मकता की तुलना में देखा जाए तो शून्य पर होना सकारात्मक है। ठीक इसी तरह स्वअनुभव (मौन) की तरफ

आने के लिए, हो सकता है कि आपको रुकना पड़े। यह ठहराव शुभ है।

मौन प्रश्न

१. आज आपके अंदर जो विचार उठ रहे हैं, वे आपको किस दिशा में ले जा रहे हैं – मुंबई या पुणे?

२. आपके जागने की इच्छा कितनी तीव्र हो चुकी है?

23

अनुभव को मिले समझ का सहारा

प्राथमिकता किसे दें

रोज़ हमारे सामने अलग-अलग दृश्य आते रहते हैं परंतु इससे हमारे अनुभव पर कोई फर्क नहीं पड़ता। अनुभव जैसा है, वैसा ही रहता है। ठीक इसी तरह मनोशरीर यंत्र अलग-अलग हैं लेकिन सभी के अंदर अनुभव एक ही है। लेकिन यह अनुभव किया कैसे जाए?

जब आपसे कहा जाता है कि अपने आपसे बात करें तो आपको स्वयं को दो हिस्सों में बाँटना पड़ेगा, वरना अपने आपसे बात नहीं की जा सकती। इसी तरह जब कहा जाता है कि ज़ुबान को ज़ुबान का स्वाद लेना है तो उसे अपने आपको बाँटना पड़ता है, तभी स्वाद का अनुभव आ सकता है।

सभी शरीरों के द्वारा सेल्फ अपना अनुभव करता ही है, भले ही उस शरीर में अनुभव को जानने की प्यास हो या नहीं। अध्यात्म में लोग अलग-अलग साधनाएँ करते हैं, जैसे कोई मंत्र जाप करता है तो कोई उछलकूद (विधि) करता है। ये सारे तरीके अपने होने के एहसास तक पहुँचने के लिए किए जाते हैं। उस अवस्था में पहुँचने के बाद इंसान कहता है, 'मैं एक घंटे तक उस अनुभव में था। उसके बाद दो घंटे तक किसी से बात करने का मन नहीं किया। मैं मौन में था। तीन-चार घंटे बाद फिर सब पहले जैसा

हो गया।' इसका अर्थ है कि उसकी समझ में कोई फर्क नहीं आया। अनुभव चल रहा था लेकिन समझ में फर्क नहीं पड़ा क्योंकि अनुभव के पीछे कोई आधार नहीं था। इसके बजाय, अगर उसने समझ के साथ एक मिनट भी मौन में बिताया होता तो बहुत बड़ा फर्क पड़ जाता।

लोगों को अलग-अलग स्थानों पर जाकर अनुभव होते रहते हैं। जैसे कोई तीर्थस्थान जाता है, कोई मंदिर जाता है, किसी ऊँचे पहाड़ पर जाता है, कोई शरीर पर तरंग महसूस करता है। लेकिन उसके इन अनुभवों के पीछे कोई समझ नहीं होती, स्वयं की पहचान नहीं होती इसलिए उसे कोई फायदा भी नहीं होता। ऐसे अनुभव के बाद वह वापस वैसा ही व्यक्ति बन जाता है, जैसा पहले था। इस तरह का जीवन कितना भी बड़ा या सफल हो, फिर भी उसमें एक खालीपन रह जाता है।

समझ बढ़ने लगती है तो मैं शरीर हूँ... मैं ही भोक्ता हूँ... मैं कर्ता हूँ... ये गलत मान्यताएँ टूटने लगती हैं। फिर आपका व्यवहार बदलने लगता है। समझ के साथ अनुभव की झलक मिलने पर, इंसान में जो फर्क आता है, उससे वह स्वयं पर जाने लगता है और बेहतर होता जाता है। लेकिन अनुभव को हमेशा दूसरे नंबर पर रखा जाता है। उसे कभी प्राथमिकता नहीं मिलती। पूरे समाज का ढाँचा ऐसा ही है। इंसान असली अनुभव को छोड़कर बाकी चीज़ों में लगा रहता है। माया में हज़ार तरह के नकली आनंद हैं। वह हर नकली आनंद के पीछे भागता है कि यह भी ले लूँ... वह भी ले लूँ... पहले मैं टी.वी. पर अपना पसंदीदा कार्यक्रम देख लूँ, फिर मौन में जाऊँगा... पहले यह स्वादिष्ट खाना खा लूँ, फिर अपने होने के एहसास पर जाऊँगा... पहले मोबाईल पर गेम खेल लूँ, फिर ध्यान के लिए समय निकाल लूँगा...' आदि।

जिस अनुभव की बात की जा रही है, वह मन के परे का अनुभव है।..............
....

इंसान मन के क्षेत्र के अनुभवों के आधार पर ही जीता है। अनुभव पर सवाल उठानेवाला पूछता है कि 'अनुभव इतना आसान है तो पकड़ में क्यों नहीं आता?' तार्किक दृष्टि से यह सवाल बिलकुल सही लगता है। दुनिया का कोई भी इंसान इसमें गलती नहीं निकाल सकता। लेकिन यहाँ सबसे मूल बात यह है कि जो पकड़ना चाहता है, उसे पहले यह पक्का करना होगा कि वह जो पकड़ना चाहता है, वास्तव में उसे नहीं पकड़ना है।

पहले तो वह सवाल करना ही छोड़ दें कि 'मुझे अनुभव पकड़ में क्यों नहीं आ रहा है' क्योंकि यह सवाल दरअसल एक विचार है, जो कह रहा है कि जो आपके सामने है, उसे पकड़ क्यों नहीं रहे। इस पर आपको कहना है कि 'पहले यह बता कि तू मुझे क्यों पकड़े हुए है?' यानी आपके सामने जो विचार है, पहले आप जानेंगे। अभी आप सिर्फ उसे देख रहे हैं कि 'मेरा विचार है कि मुझे अनुभव पकड़ में क्यों नहीं आ रहा है?' अगर आप स्वयं को जान रहे हैं तो दूसरे किसी विचार के आने की ज़रूरत ही नहीं होगी।

सब विचार स्वत: ही बंद हो जाएँगे। फिर अपने आपको ही जानना बचेगा। फिर कुछ देखने को नहीं बचेगा। परंतु इंसान उस अनुभव को छोड़कर बाकी चीज़ों में लगा रहता है। जैसे जब हमें कोई चीज़ मिल जाती है तो हम कहते हैं, 'यह तो हमारे पास है ही, इसका आनंद तो कभी भी ले लेंगे, पहले किसी और चीज़ का आनंद लेते हैं।' जिस चीज़ के लिए इंसान पृथ्वी पर आया था वह अनुभव लेना छोड़कर बाकी चीज़ों में उलझा रहता है। धीरे-धीरे उसका पूरा जीवन इसी में निकल जाता है और वह उस चीज़ का आनंद कभी नहीं ले पाता।

इसलिए अनुभव को समझना आवश्यक है। जब हम मन की बातों से मुक्त होकर अपने होने के एहसास पर जाना सीख जाएँगे तब जीवन आसान (खेल) हो जाएगा।

मौन प्रश्न

१. आपके मनोशरीर यंत्र में, सेल्फ खुद को किन विचारों से पकड़े हुए है?

24

हारमोनियम में समर्पित अवस्था

बजना है

मान लें कि आप पियानो बजा रहे हैं और जैसे-जैसे आप बजाते जा रहे हैं, वैसे-वैसे पूरा संगीत एक कागज़ पर अंकित होता जा रहा है, जैसे कि आप टाईप कर रहे हों। सोचिए, यदि ऐसा होने लगे तो संगीत का निर्माण कितना आसान होगा।

असल में आप शरीररूपी पियानो बजा रहे हैं लेकिन जब आप धीरे-धीरे वाकई सत्य में उतरते हैं तब आपको पता चलता है कि 'आप पियानो बजाते नहीं हैं, बजते हैं।' यानी आपका शरीर ईश्वर की इच्छा अनुसार बजता है। कभी ऐसा महसूस करके देखें कि आपका शरीर हारमोनियम या पियानो हो और आप बजनेवाले हों, बजानेवाले नहीं।

जब इंसान का अहंकार समर्पित होता है तब वह बजता है। उसके जीवन में सब कुछ सहजता से प्रकट होने लगता है। यह इस बात का संकेत है कि आपके जीवन में कुछ निर्माण हो रहा है। उस निर्माण को देख आपको भी आश्चर्य होगा क्योंकि वह आपकी उम्मीद से भी परे होगा।

कभी किसी के जीवन में ऐसी घटना होती है कि उसके शरीर में हर जगह बहुत

ज़्यादा तकलीफ है लेकिन उसे विचार आता है कि 'तकलीफों का समय मुझे किसी बात के लिए तैयार कर रहा है।' तब अचानक उसके शरीर में हारमोनियम (समर्पण) की अवस्था आ जाती है और शरीर ईश्वर की इच्छा को सिर-आँखों पर रखकर, उसके संगीत पर स्वयं बजता जाता है। ऐसा हरेक के जीवन में होता है मगर लोग इसे समझ नहीं पाते क्योंकि ऐसे क्षण कभी-कभार ही आते हैं। ऐसे क्षण आपके जीवन में रोज़ आएँ, इसी के लिए मौन नियम की समझ प्राप्त करनी है।

जब गुरु प्रवचन देते हैं तब लोगों को लगता है कि गुरु ने प्रवचन दिया मगर हकीकत में प्रवचन तो हृदयस्थान से निकलता है और गुरु का शरीर केवल बजता है।

इंसान की भाषा बजने की नहीं, बजाने की है। लेकिन जब वह हारमोनियम (मौन नियम) के साथ होता है तब बजाता नहीं बल्कि स्वयं बजता है।

हार-मौन-नियम के साथ आप हमेशा योग्य प्रतिसाद ही देते हैं। अगर यह बात आपको समझ में आ गई तो जीवन बहुत आसान हो जाएगा। फिर हर क्षण मौन और समाधि का आनंद लेना सहज हो जाएगा। फिर मौन से जो निकलेगा, वह अलग तरह का प्रतिसाद होगा। आपका व्यवहार बदल जाएगा।

हार-मौन-नियम एक सीधा-सादा रहस्य है, जिसे हर कोई जान व समझ सकता है। इसकी समझ प्राप्त होते ही आपको महसूस होगा कि आप केवल पियानो बजा रहे हैं (शरीर द्वारा कार्य कर रहे हैं) और सब कुछ सहजता से आपके पास आ रहा है। बस समझ यह होगी कि 'बजानेवाला कोई नहीं है।'

इंसान का शरीर जब बजता जाता है तो उससे स्वतः कुछ उच्च बातें निकलने लगती हैं। जैसे भजन, ज्ञान, सेवा, कविता, ऐनालॉजी, संगीत, ग्रंथ। ये सब बातें केवल बजने से ही अस्तित्त्व में आई हैं। कुछ लोगों को ये बातें इतनी पसंद आ जाती हैं कि उनके अंदर हारमोनियम (मौन) की अवस्था तैयार होने लगती है। आपको इस अवस्था को होते हुए महसूस करना है।

सबसे पहले आपको याद करके उस अवस्था में जाना होगा, बाद में स्वत: ही ऐसा होने लगता है कि शरीर रखा होता है और बज रहा होता है। वहाँ कोई बजानेवाला नहीं होता। ....
यह अवस्था आपको अपने साथ देखनी है। अगर यह दिखाई देने लग गया तो जीवन समाधि हो जाएगा। संपूर्ण समर्पण होते ही जीवन सहज समाधि बन जाता है।

संपूर्ण समर्पण

मान लीजिए कि आपके सामने गुड़ से बनी, भगवान की एक मूर्ति रखी हुई है। जब यह गुड़ की मूरत अपने पेट पर हाथ फेरती है तब उसके हाथ में गुड़ आ जाता है। उसी गुड़ से वह एक मूर्ति तैयार करता है, जिसे 'इंसान' कहते हैं। जिस गुड़ से इंसान बना है, वह तो भगवान के पेट से ही आया है लेकिन इंसान को यह पता नहीं है इसलिए वह स्वयं को भगवान से अलग समझता है।

अब गुड़ से बना इंसान, भगवान की आरती करता है और कहता है, 'तेरा तुझको अर्पण क्या लागे मेरा...।' आरती होने के बाद इंसान उसी भगवान की मूर्ति से थोड़ा गुड़ निकालकर उसका प्रसाद बनाता है और मूर्ति के सामने भोग लगाता है। इस पूरी प्रक्रिया में इंसान यही समझता है कि 'मैंने ईश्वर को सब कुछ समर्पित किया है।' लेकिन वह खुद भी उसी गुड़ से बना हुआ है, यह बात उसे समझ में (याद) नहीं आती।

ईश्वर के सामने समर्पण करते हुए या पूजा, अर्चना, आराधना करते हुए इंसान को एक बार भी खयाल नहीं आता कि 'यह अर्पण करनेवाला कौन है? जब इंसान को यह समझ प्राप्त होगी तब उसे एहसास होगा कि 'मैं स्वयं भी तो उस प्रसाद का हिस्सा हूँ। मुझे स्वयं को भी समर्पित कर देना चाहिए तभी संपूर्ण समर्पण होगा।' अपने 'मैं' को बचाकर समर्पण किया तो वह अधूरा समर्पण होगा। अधूरे समर्पण के कारण इंसान को अपनी आराधना का वैसा परिणाम नहीं मिलता, जैसा मिलना चाहिए। संपूर्ण समर्पण से ही इंसान 'हार-मौन-नियम' बन पाएगा यानी मौन में स्थापित हो पाएगा।

सदियों से लोगों को समर्पण का महत्त्व बताया जा रहा है। जो समर्पण कर पाते हैं, वे खुश रहते हैं लेकिन स्वयं खुशी बनने के लिए 'संपूर्ण समर्पण' चाहिए, जो होता है प्रेम, आनंद, मौन से...।

मौन प्रश्न

१. आपका शरीर व मन बजने के लिए कितना खाली (समर्पित) हो चुका है?

25

समर्पण का आनंद कैसे लें
समझ के साथ समर्पण

जिस तरह संगीत वाद्य बजानेवाला जब खो जाता है तब बेहतरीन संगीत बजता है, ठीक उसी तरह रोज़मर्रा के जीवन में कुछ काम ऐसे होते हैं, जिन्हें करते-करते आप उसमें खो जाते हैं, तल्लीन हो जाते हैं। उन कार्यों के पूर्ण होने के बाद आप देखते हैं कि 'इतना सुंदर कार्य तो मैंने नहीं किया है, निश्चित ही यह अपने आप हुआ है।'

सबसे महत्वपूर्ण यह जानना है कि 'जो थोड़े वक्त के लिए हुआ, वह पूरे जीवन पर कैसे छा सकता है?'

कुछ समय के लिए ऐसे जीवन की कल्पना करके देखें, जिसमें हारमोनियम लगातार बज रहा है और बजानेवाला खो चुका है। जहाँ कार्य स्वचलित हो रहे हैं और आपको एहसास ही नहीं कि आप कार्य कर रहे हैं। जहाँ मौन से हर प्रतिसाद निकलता है और अहम भाव विलीन हो गया है। ऐसे जीवन की कल्पना से ही आप आनंदित हो जाएँगे।

जब शरीर बज रहा होता है यानी वह सेल्फ के प्रति समर्पित हो गया है। अगर उस शरीर में स्वयं बजाने की इच्छा है तो यह एक बाधा है। कहीं न कहीं इंसान का अहम

अपनी इच्छा के साथ ईश्वर का भी इस्तेमाल करना चाहता है। ऐसा न हो, इसके लिए मौन नियम को समझना आवश्यक है।

जब आपको मौन नियम पूर्ण रूप से समझ में आ जाता है तो 'समझ का उतरना' और 'समर्पण' दोनों एक साथ होते हैं। यह बिलकुल समानांतर रूप से होना भी संभव है। अगर ऐसा नहीं हुआ है तो कम से कम मन में यह ज़रूर कहें कि 'अब यह समस्या मैंने हारमोनियम में डाल दी।' इसका अर्थ ही है कि उस समस्या को आपने ईश्वर के सामने समर्पित कर दिया।

जैसे कोई आपसे पूछता है कि 'तुम्हारे प्रमोशन का क्या हुआ?', 'तुम्हारी शादी का क्या हुआ?' तो आप मन में कहेंगे, **'मैंने उसे हारमोनियम में डाल रखा है।'**

यदि किसी काम में रुकावट आती है, उसे पूरा होने में देर होती है तो उसे समस्या की तरह न देखते हुए बस, हारमोनियम में डाल दें।

आपके जीवन में सब चीज़ें आ रही हैं लेकिन वे बीच में ही रुकी हुई हैं, प्रकट नहीं हो रही हैं क्योंकि इंसान बजने (समर्पित होने) को तैयार नहीं है, वह तो बस बजाना (अहंकार और क्रेडिट) चाहता है।

इंसान अपने जीवन में आनेवाली चीज़ों को न तो हारमोनियम में डाल पाता है और न ही उनके आने का रास्ता खुला रखता है। यह सब केवल मन की वजह से होता है, वही आपको सत्य से दूर कर रहा होता है और समर्पण में बाधा डालता है।

इस मन रूपी बाधा से बचने के लिए अपनी हर समस्या को हारमोनियम में डालकर समर्पित कर दें। इससे तोलू मन, हार-मौन-नियम की राह में बाधा नहीं बन पाएगा। हार-मौन-नियम से आपको मिलेगा - सामंजस्य, संतुलन और सहजता का तालमेल। इन सब बातों का तालमेल ही आपको सच्चा आनंद देगा।

इसके लिए आपको अपने जीवन में कुछ प्रयोग करके देखने होंगे। जैसे हर दिन कुछ समय निकालकर घटनाओं को होते हुए देखें। देखें कि आपका शरीर कैसे बज रहा है यानी घटना में वह कैसा प्रतिसाद दे रहा है। फिर आपको जागृति का आनंद आएगा। अपने जीवन को देखकर आपको हैरानी होगी कि ''वाकई ऐसा जीवन हो सकता है, जिसमें हर चीज़ आनंद से हो रही हो!''

हर इंसान के जीवन में प्रेम, आनंद, मौन भरपूर है लेकिन ऐसे जीवन पर वह विश्वास नहीं कर पाता इसलिए छोटी-मोटी हार-जीत में भी वह आनंद से वंचित रह जाता है। अब हार-मौन-नियम के साथ रहें और जीवन के हर क्षण का आनंद बटोरें।

मौन प्रश्न

१. रोज देखें कि आपके जीवन में मौन युक्त क्षण कितने आते हैं? क्या वे बढ़ते जा रहे हैं?

26

हारमोनियम की कला

गुरु के मार्गदर्शन में

आपने वह कहावत ज़रूर सुनी होगी कि 'मन पर कोई विजय प्राप्त नहीं कर सकता।' लोग अपने मन को देखते हैं तो घबरा जाते हैं कि 'अरे! बाप रे, कैसा है हमारा मन!... इस पर विजय प्राप्त करना संभव ही नहीं लगता... क्या इसका कोई तरीका है?' लोगों के इन प्रश्नों का जवाब अभ्यास में छिपा होता है। ऐसे प्रश्न आपको खोज व अभ्यास करने के लिए बल प्रदान करते हैं। मौन नियम के अभ्यास से असंभव लगनेवाली बात भी संभव होने लगती है।

आपने मार्शल आर्ट से जुड़ी कोई न कोई फिल्म देखी होगी। उनमें से अधिकतर फिल्मों में दुश्मन को बहुत बहादुर दिखाया जाता है। उसे कोई हरा नहीं सकता। इसके विपरीत हीरो को बहुत डरपोक दिखाया जाता है। लेकिन हीरो की खासियत यह होती है कि डरपोक होने के बावजूद वह सब कुछ सीखना चाहता है।

फिल्म में दुश्मन- हीरो पर भी अत्याचार करता है। जब हीरो का सब्र टूट जाता है तब वह दुश्मन को हराने का निश्चय कर लेता है। इसके लिए वह किसी गुरु के पास जाता है। गुरु उसे सिखाते हैं कि दुश्मन का मुकाबला कैसे किया जाना चाहिए। वे उससे अभ्यास करवाते हैं। हीरो जब भी दुश्मन को लड़ाई के लिए

ललकारता है तो वह खुद ही मार खाकर आ जाता है। इसके बावजूद वह गुरु के मार्गदर्शन में अभ्यास जारी रखता है। पहले-पहल वह भी समस्या सामने आने पर पेट टाइट कर लेता है, अकड़कर खड़ा हो जाता है क्योंकि उसे सिर्फ यही तरीका पता है। फिर गुरुजी बार-बार उसे डंडे मारकर सिखाते हैं। इस दौरान उसे बार-बार बताया जाता है कि 'अगर तुम मार्गदर्शन के अनुसार लड़ोगे तो ही जीतोगे।'

अंत में गुरु उसे अंतिम सबक सिखाते हैं कि 'तुम्हें स्वयं को ढीला छोड़कर लड़ना है। तनावमुक्त हो जाना है।' अभी तक हीरो ऐसे लड़ रहा था, मानो पीकर लड़ रहा हो। आपने पिए हुए लोगों को देखा होगा कि वे नशे में कैसे झूमते हैं, हिलते-डुलते हैं, नाक की सीध में चल नहीं सकते क्योंकि उनके हाथ, पैर यहाँ तक कि पूरा शरीर हिलता-डुलता रहता है। जब हीरो को गुरु का अंतिम सबक याद आता है तो वह शराबियों की तरह हिलना-डुलना बंद कर देता है और स्वयं को ढीला छोड़कर, तनावमुक्त होकर, दुश्मन का मुकाबला करता है। इस तरह आखिर में वह दुश्मन को हराने में कामयाब होता है।

हर इंसान का जीवन एक फिल्म की तरह ही है।...
....

जीवन में आनेवाला समस्यारूपी दुश्मन कभी-कभी इंसान को कमज़ोर बना देता है। लेकिन फिल्म के हीरो की भाँति कुछ लोग ऐसे होते हैं, जो जीवन में कभी हार नहीं मानते। वे अपनी कमज़ोरियों पर मात पाकर, गुणों को विकसित करते हैं और फिर समस्या का सामना करते हैं। ऐसे लोग समस्या से डरते नहीं बल्कि उसे विलीन करने की कला सीखते हैं। आपको भी अपने जीवन की समस्याओं को विलीन करने के लिए एक कला सीखनी है, जिसका नाम है - 'हार-मौन-नियम की कला।'इस कला के लिए आपको केवल मौन का अभ्यास करना होता है।

स्वयं को ढीला छोड़ना, यह किसी कला से कम नहीं। जैसे कोई आपको पहले से ही बता दे कि 'मैं आपके पेट में घूँसा मारनेवाला हूँ' तो आप सबसे पहले अपने पेट को टाइट कर लेंगे। फिर उसे कहेंगे कि 'मारना है तो अब मारो।' इसके कारण जब आपके पेट पर घूँसा मारा जाता है तो आपको तकलीफ कम होती है।

लोग भी यही करते हैं। जब कोई मुसीबत या परेशानी आती है तो वे खुद को सिकोड़ लेते हैं और उस परेशानी को बरदाश्त कर लेते हैं। यह आसान तरीका लगता

है। मगर आपको कहा जाए कि 'अपने पेट को बिलकुल ढीला छोड़ें और फिर घूँसे को सहें' यानी जीवन में आई बड़ी से बड़ी परेशानी का समझकर और खुलकर सामना करें।

परेशानी का खुलकर सामना करना यानी मौन में रहकर स्वीकार करना (ढीला छोड़ना)। मौन से निकला स्वीकार, मज़बूरी में किया हुआ स्वीकार नहीं है बल्कि यह समझ के साथ किया गया स्वीकार है। ज्ञान मिलने के साथ मज़बूरी निकल जाती है।

अब तक आप मज़बूरी से जो मजदूरी (स्वीकार) कर रहे थे, अब वह समाप्त हो जाएगी। अब सब मज़बूती से होगा यानी समझ के साथ स्वयं को ढीला छोड़ना होगा।

ढीले पेट के साथ ही आपको अपने जीवन की घटनाओं से गुज़रना है, न कि पेट को टाइट करके घूँसे सहने हैं। शुरुआत में डर आएगा परंतु मौन में मिली स्वीकार की शक्ति से आप यह कर पाएँगे।

आपके जीवन में तूफान आए या बड़ी-बड़ी समस्याएँ आ खड़ी हों, फिर भी आपको संपूर्ण समर्पण के साथ अपने शरीर को ढीला कर देना है यानी मौन की अवस्था में जाना है। इस मौन से ही आपको हर समस्या का समाधान मिलने लगता है।

समस्या चाहे छोटी ही क्यों न हो, स्वयं को यह याद दिलाएँ, 'चलो, अब मौन में बैठो, हारमोनियम बन जाओ और फिर देखो कैसे कुदरत आपको समस्या का समाधान देने लगती है।'

इस कला में माहिर होने के लिए आपको प्रतिदिन मौन में बैठने का अभ्यास करना है। मौन का अभ्यास शुरू करने के बाद आपको 'अभ्यास' इस शब्द को याद रखने की आवश्यकता नहीं है। क्योंकि निरंतर मौन में बैठने से आप इस अभ्यास में इतने माहिर हो जाते हैं कि धीरे-धीरे मौन में रहना आपका स्वभाव ही बन जाता है।

मौन प्रश्न

१. अब से आप घटनाओं का सामना किस समझ के साथ करेंगे?

27

मनन-मौन से खाली अवस्था

मौन में मौन का प्रकटीकरण

अगर आप वाकई मौन में स्थापित होना चाहते हैं, संपूर्ण समर्पण करना चाहते हैं तो आपको मनन करने की आदत खुद में विकसित करनी होगी। जीवन में आनेवाली हर घटना मनन करने का एक सुनहरा मौका होती है।

आज इंसान को हर क्षेत्र की संपूर्ण जानकारी आसानी से मिल रही है, इस वजह से वह खुद से मनन नहीं करता। परंतु आप अपने भीतर मनन की आदत विकसित करें और खुद को अनुशासन में लाएँ। दिनभर के कार्यों के दौरान आपको कोई नई जानकारी मिलती है तो तुरंत उस पर कुछ समय मनन करें। हालाँकि मन कहेगा कि 'लोग आकर बहुत सारी जानकारी दे रहे हैं तो मैं खुद क्यों मनन करूँ?' ऐसे समय पर स्वयं से कहें कि 'रुको, मुझे मनन करना है क्योंकि अब मैं हारमोनियम बन रहा हूँ।'

मनन करने से लोगों में सकारात्मक परिवर्तन आया है तो हमारे जीवन में भी ऐसा होना संभव हो सकता है। यह दृढ़ता आपको रखनी है। हर घटना में मनन जारी रखेंगे तो एक दिन ऐसा आएगा कि आप संपूर्ण समर्पण के साथ ही आगे का जीवन जी पाएँगे। निरंतर मनन और मौन अभ्यास से आप धीरे-धीरे निर्विचार अवस्था की ओर बढ़ने लगते हैं, खाली होने लगते हैं।

खाली होते ही आपको कुदरत से कई सारे संकेत मिलने लगते हैं। जिससे आपको अपने लक्ष्य की ओर आगे बढ़ने का रास्ता मिलता है। अहंकार से भरे इंसान तक कभी कुदरत का मार्गदर्शन या संकेत नहीं पहुँच पाता क्योंकि वह उसे लेने के लिए पात्र नहीं होता। अहंकार से मुक्त, खाली होने पर ही उसे संकेत मिलते हैं। जैसे **पहाड़ों पर कभी पानी ठहरता नहीं है, वह नीचे नदी में आ जाता है क्योंकि वहाँ खाली जगह होती है। कुदरत का यह नियम इंसान पर भी लागू होता है। जो खाली है, उसी के पास मौन रूपी पानी पहुँचता है।** इसे खाली होने की कला कहते हैं।

तूफान आने पर जिस तरह घास शांति से समर्पित हो (झुक) जाती है, आपको भी उसी तरह समर्पित होना है। तूफान के गुज़रने के बाद आप देखेंगे तो समर्पित घास जस की तस होती है, उसे कोई हानि नहीं पहुँची होती, जबकि अकड़े हुए पेड़ टूटकर ज़मीन पर पड़े होते हैं। इसीलिए खाली होने का महत्त्व है। **जब साक्षी खाली होता है तभी स्वसाक्षी यानी मौन प्रकट हो पाता है।**

मौन में निर्विकल्प समाधि का एहसास होता है।..

इसमें माया छूटती जाती है, केवल अनुभव रहता है- जिसे स्वअनुभव, मौन, तेजमौन, ज़िंदा होने का एहसास, चेतना, परम चैतन्य, सेल्फ इन रेस्ट कहा जाता है। मौन समाधि में ही 'मैं कौन हूँ' का जवाब मिलता है और आपको उसकी दृढ़ता प्राप्त होती है। मौन समाधि में शरीर बजते-बजते शांत हो जाता है। विचार धीरे-धीरे गायब होने लगते हैं और शरीर स्थिर हो जाता है, शांत पड़ा रहता है। फिर बस साँस अंदर जाती है और बाहर आती है। **संसार में इंसान का बजाने का प्रयास उसके अंदर के अहंकार को जागृत करता है, जबकि मौन में संपूर्ण समर्पण का विचार अहंकार को समाप्त करता है।**

कुदरत की इस लीला को देखकर आप प्रेम, आनंद, मौन के साथ खुशी, आश्चर्य, सराहना की भावना में रहने लगते हैं। फिर संसार में होनेवाली हर घटना को आप सहजता से होते हुए देखते हैं। यह इस बात का संकेत है कि आप हारमोनियम की अवस्था में उपस्थित हैं। इसके विपरीत जब आप ज़ोर-ज़बरदस्ती से कोई चीज़ अपने जीवन में लाने की कोशिश करते हैं, सामनेवाले को मनवाने की कोशिश करते हैं तो आपको तुरंत इसका एहसास हो जाना चाहिए कि 'मैं ताकत लगा रहा हूँ। इसका अर्थ ही मैं संपूर्ण समर्पण की अवस्था में नहीं हूँ।'

हारमोनियम की अवस्था में आपको 'कुछ नहीं करना' होता है, केवल घटना को होते हुए देखना होता है। यह कोई साधारण कार्य नहीं है, इसके लिए भी साहस चाहिए। जो लोग खाली होने की कला सीख गए हैं, वे ही मौन नियम का संपूर्ण लाभ ले सकते हैं। मौन नियम के साथ आपको 'कुछ नहीं' करने का साहस करना है। सोचें कि यदि कोई ऐसा साहस कर पाए, जिससे सत्य प्रकट होने लगे तो कितना बड़ा काम हो सकता है।

कई साल पहले ऐसा साहस संत ज्ञानेश्वर ने किया था। वे मात्र २१ वर्ष की अल्पायु में संजीवन (मौन) समाधि में चले गए थे। आप जानते हैं कि उस एक घटना की वजह से आज उन्हें संसार में कैसे याद किया जाता है। इसी तरह ईसा मसीह यानी जीज़स भी सूली पर समाधि में गए थे। एक घटना कितनी बड़ी निमित्त बन गई! उनके लिए वह बजने की अवस्था ही थी। बजते-बजते ही उन्होंने देह त्याग किया। उनमें यह दृढ़ता थी कि इस शरीर से केवल ईश्वर की ही इच्छा पूरी होनेवाली है। ऐसी दृढ़ता आपमें भी जागृत हो।

मौन नियम, मौन है... मौन में भी मौन है और दो मौन के बीच में 'मैं' है। मैं (अहंकार) पिघल गया है तो केवल मौन बचता है। मौन में मौन का अर्थ है- तेजमौन, महासमाधि, महानिर्वाण निर्माण। यही वह अवस्था है जिसकी तलाश हर सत्य का प्यासा कर रहा है।

मौन प्रश्न

१. आप स्वयं में मनन की आदत कैसे विकसित करेंगे?
२. घटनाओं को होते हुए देखने की कितनी तैयारी हो चुकी है?

28

स्वअनुभव पर जाने का व्यायाम

लाल ब्लिंकर का अनोखा प्रयोग

आपने ऐसा कैमरा देखा होगा, जिसमें फोटो निकलने से पहले लाल रंग का एक छोटा सा बल्ब ब्लिंक करता है। वह तब तक ब्लिंक करता रहता है, जब तक कैमरा तसवीर निकालने के लिए तैयार न हो जाए।

सोचकर देखें कि ऐसी व्यवस्था स्वअनुभव पर जाने के लिए की जाए तो जीवन कैसा होगा? मान लें कि आपको एक अनोखा चश्मा दिया गया है। उसे पहनकर आप किसी चीज़ को देखते हैं तो तुरंत लाल प्वॉइंटर ब्लिंक करने लगता है। उसके ब्लिंक करने का अर्थ है, 'मौन में जाओ।' उस प्वॉइंटर की खास बात यह है कि आप जब तक उस चीज़ को देख रहे हैं, वह बंद नहीं होता। वह आपको तब तक संकेत देता है, जब तक आप मौन में बैठ नहीं जाते। मौन में स्वअनुभव पर जाते ही वह बंद हो जाता है।

ऐसी व्यवस्थावाला चश्मा होगा तो इंसान आसानी से माया से बाहर आ पाएगा।

स्वअनुभव पर जाने का व्यायाम

ऐसे चश्मे के ईजाद का इंतजार न करते हुए, हम स्वयं के लिए यह व्यवस्था कर सकते हैं। इसके लिए यह प्रयोग करें कि जब भी आप किसी वस्तु को देखें तो यह कल्पना करें कि वहाँ एक लाल बल्ब जल रहा है और जब तक मैं उसे देखकर अपने

अनुभव पर नहीं जाता, तब तक वह जलता रहेगा। जैसे अगर आप टी.वी. के सामने बैठे हैं तो वहाँ पर भी यही कल्पना करें कि वह बल्ब जल रहा है।

लोगों को देखें तो भी मन में यही कल्पना करें कि 'इन सबमें मुझे ब्लिंक होता हुआ बल्ब दिखाई दे रहा है, जो मुझे बता रहा है— अपने अनुभव पर जाओ, अपने आप पर जाओ। जब तक मैं अपने अनुभव पर नहीं जाऊँगा, तब तक वह बल्ब बंद नहीं होगा।'

केवल बाहरी चीज़ों के साथ नहीं बल्कि विचारों के साथ भी यही व्यवस्था लागू करें। कोई भी विचार आए तो देखें कि आपके अंदर लाल बल्ब जल रहा है। वह विचार आपको बता रहा है कि 'विचारों में क्यों अटक रहे हो? मौन में अपने अनुभव पर जाओ। अस्थायी इलाज छोड़ो, स्थायी इलाज को पकड़ो।' इस तरह आपके लिए मौन में, अपने अनुभव पर जाना आसान हो जाएगा।

अगर आपके सामने एक माइक है। उसे देखकर आप कहते हैं कि 'मैंने माइक को देखा।' लेकिन वास्तव में आपने माइक को नहीं, अपने आप को देखा है। माइक तो बस एक निमित्त था। इस निमित्त के द्वारा ही आपको अपने अनुभव पर लौटना है। जब निरंतर ऐसा होने लग जाएगा तब मन का कोई हथियार काम नहीं कर पाएगा। फिर आप दिन में कई बार मौन में जाकर अपना अनुभव करेंगे।

दिए गए प्रयोग में लाल बल्ब 'साक्षी' का प्रतीक है। वह साक्षी जो उस चीज़ को देखने के लिए नहीं देखता बल्कि अपने आप को 'चीज़ देखते हुए' देखता है। संसार को बनाया गया है ताकि आप उसे निमित्त बना सकें यानी उससे अपने आप को जान सकें।

दरअसल इंसान यह नहीं चाहता कि वह जिस चीज़ को देख रहा है, वह बीच में ब्लिंक करे क्योंकि उसका ध्यान हटता है। जैसे फिल्म के बीच में विज्ञापन की पट्टी डिस्टर्ब करती है तो लगता है कि वह न आए। परंतु याद रखें कि लाल बल्ब तब तक ब्लिंक करता रहेगा, जब तक आप अपने आप (शुद्ध मौन) पर नहीं जाएँगे।

यह बहुत ही महत्वपूर्ण व्यायाम है, जो आपको मौन में स्वअनुभव पर जाने के लिए तैयार करता है। इस व्यायाम द्वारा आप अपने पैटर्न्स के बावजूद भी अपने आप पर जा पाएँगे। यहाँ 'बावजूद' शब्द महत्वपूर्ण है क्योंकि जब ऐसा होने लगेगा तब पैटर्न्स का

टूटना और आसान होता जाएगा। यह व्यायाम लगातार चलते रहना चाहिए।

यकीन या विश्वास ही वह चीज़ है, जो यह करवा सकती है। इसके लिए आपको लाल रंग के बल्ब जैसे किसी न किसी प्वॉइंटर की ज़रूरत होती है। यह व्यायाम करें ताकि हर चीज़ आपके लिए प्वॉइंटर बन जाए, फिर चाहे वह इंसान हो, जानवर हो, पेड़ हो, पैसा हो, वातावरण हो, व्यापार हो या कोई व्याधि हो।

मौन प्रश्न

१. इस अध्याय में दिया गया प्रयोग दिनभर करने के लिए आप स्वयं को क्या रिमाईन्डर देना चाहेंगे?

29

शब्दों की महिमा और मौन की समझ

शब्दों के ज़रिए मौन तक पहुँचें

शब्दों की महिमा अकथनीय है क्योंकि शब्दों द्वारा ही शब्दों के पीछे के मौन को जाना जा सकता है।

आज तक आपने कई शब्दकोश (डिक्शनरी) पढ़े होंगे। सारे शब्दकोश शब्दों के अर्थ बताते हैं। हर शब्द से कई शब्द मिलते हैं। लेकिन आज तक आपने ऐसा शब्दकोश नहीं देखा होगा, जो शब्द से परे 'मौन' में ले जाए।

शब्दों का उद्‌देश्य है समझना और समझाना। जो शब्द यह नहीं करते, वे शोर पैदा करते हैं। जबकि ज्ञान के शब्द मौन को प्रकट करते हैं। शोर पैदा करनेवाले शब्दों या विचारों में जो शक्ति खर्च होती है, यही शक्ति उन विचारों पर खर्च करें जो आपको मौन में ले जाते हैं। ऐसे विचारों की ज़रूरत है जो मौन में ले जाएँ, ऊर्जा बढ़ाएँ, शक्ति बचाएँ और आपके भीतर की शक्ति को जागृत करें।

हर संत अपनी समझ से, बिना शब्दों के आनंदित जीवन जीता है। जब किसी और को वही समझ देनी होती है तब उनके द्वारा शब्दों का सहारा लिया जाता है।

शब्द हमें दुनिया से जोड़ते हैं और मौन हमें खुद से जोड़ता है। यही शब्द जब ज्ञान से जुड़ते हैं तो शोर से मौन की ओर ले जाते हैं।

शब्दों के ऊँट, अज्ञान के रेगिस्तान को पार करवाने में मदद करते हैं। इस ऊँट पर बैठकर अपने आपको भूल न जाएँ। ऊँट को पकड़कर, शब्दों के ज्ञान में उलझकर अहंकार में फँसे न रहें।

मौन अगर कुल्फी है तो शब्द कुल्फी की डंडी हैं। कुल्फी की शीतलता प्राप्त करें। यह शीतलता तपते हुए रेगिस्तान में बड़ा सहारा देगी। माया की गरम हवाओं में आपको सतेज रखेगी। शब्दों से उस ठंढक को प्राप्त करें, न कि शब्दों (डंडी) को चबाएँ।

गुरु और शिक्षक दोनों शब्दों से शुरुआत करते हैं मगर दोनों में बड़ा फर्क है। शिक्षक शब्दों से जानकारी देते हैं और जानकारी से अंत तक शब्द ही मिलते हैं।

....

जबकि गुरु की तरफ से जो शब्द इस्तेमाल होते हैं, वे शिष्य को मौन की तरफ ले जाते हैं। मौन देने के लिए ही शब्दों की यात्रा होती है।

मौन को जानें

मौन में जब हम रुकते हैं, सब्र कर पाते हैं, धीरज के साथ उपस्थित होते हैं तब मौन बनकर ही मौन को जान पाते हैं।

ज्यादा से ज्यादा शरीरों में जब मौन, मौन पर लौटेगा- सेल्फ, सेल्फ को जानेगा, स्वयं का साक्षात्कार होते रहेगा, उतना ही पृथ्वी बनाने का लक्ष्य पूरा होगा। इसलिए मौन अनुभव बड़ा महत्त्व रखता है।

जब तक ये सारी बातें पता नहीं तब तक मौन इंसान को पसंद नहीं आता, बोरिंग लगता है। इसलिए यह मनन आवश्यक है कि 'मौन मुझे क्यों पसंद है?'

अपने आपसे पूछें कि 'मुझे मौन पसंद है क्योंकि...?' देखें अंदर से क्या जवाब आता है।

.... मुझे मौन पसंद है क्योंकि उसी का नाम स्वअनुभव है, यही साक्षात्कार है। यही स्वयं की पहचान है, यही कुछ नहीं सब कुछ है।

.... मुझे मौन पसंद है क्योंकि यह सभी से प्यार कर सकता है।

.... मुझे मौन पसंद है क्योंकि यह सभी शरीरों से जुड़कर उन्हें स्वास्थ्य प्रदान कर अपनी अभिव्यक्ति कर सकता है।

.... मुझे मौन पसंद है क्योंकि मैं मौन हूँ।

.... मुझे मौन पसंद है क्योंकि मौन स्वतंत्र है। स्वतंत्र चीज़ें हमें पसंद हैं इसलिए मौन पसंद है।

.... मुझे मौन पसंद है क्योंकि मौन शंभु है, स्वयंभू है, स्वयं प्रकट होता है।

.... मुझे मौन पसंद है क्योंकि मौन में वह शक्ति जागृत होती है, जिससे महानिर्वाण निर्माण होता है।

.... मुझे मौन पसंद है क्योंकि मौन में स्वस्थ करने की दवा है, मौन से शरीर को देखेंगे तो शरीर स्वास्थ्य की ओर जाने लगता है।

.... मुझे मौन पसंद है क्योंकि मौन पारदर्शी है, क्रिस्टल क्लियर है, जहाँ से सब साफ दिखता है। सच्चाई स्पष्ट दिखाई देती है, वही देखने के लिए तो मैं शरीर से जुड़ा।

ये पंक्तियाँ उदाहरण हैं। आप ऐसी ही पंक्तियाँ अपने लिए बना सकते हैं ताकि मौन में बैठते वक्त मन आनाकानी न कर पाए। जब आप मौन में बैठेंगे तो हृदयस्थान से जवाब आएगा कि 'मैं वह मौन हूँ, जो हर शब्द के पीछे उपलब्ध है। न केवल शब्दों के बीच में बल्कि हर शब्द के पीछे छिपा शून्य।'

मौन प्रश्न

१. मौन को सदा याद रखने के लिए आप कितने वचनबद्ध हैं?

२. आपके तीन जवाब क्या हैं?

मुझे मौन पसंद है क्योंकि...

मुझे मौन पसंद है क्योंकि...

मुझे मौन पसंद है क्योंकि...

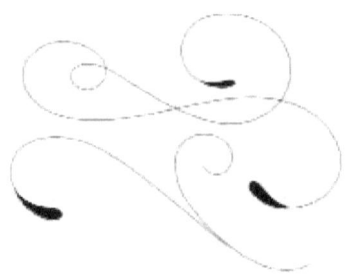

परिशिष्ट

सरश्री अल्प परिचय

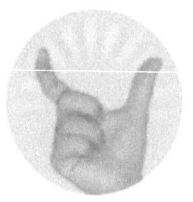

स्वीकार मुद्रा

सरश्री की आध्यात्मिक खोज का सफर उनके बचपन से प्रारंभ हो गया था। इस खोज के दौरान उन्होंने अनेक प्रकार की पुस्तकों का अध्ययन किया। अपने आध्यात्मिक अनुसंधान के दौरान उन्होंने लगभग सभी ध्यान पद्धतियों का भी अभ्यास किया। उनकी इसी खोज ने उन्हें कई वैचारिक और शैक्षणिक संस्थानों की ओर बढ़ाया। जीवन का रहस्य समझने के लिए उन्होंने **एक लंबी अवधि तक मनन करते हुए अपनी खोज जारी रखी, जिसके अंत में उन्हें आत्मबोध प्राप्त हुआ।** आत्मसाक्षात्कार के बाद उन्होंने जाना कि **अध्यात्म का हर मार्ग जिस कड़ी से जुड़ा है वह है– समझ (अंडरस्टैण्डिंग)।** उसके बाद उन्होंने अपने तत्कालीन अध्यापन कार्य को विराम लगाते हुए, लगभग दो दशकों से भी अधिक समय अपना समस्त जीवन मानवजाति के कल्याण और उसके आध्यात्मिक विकास हेतु अर्पण किया है।

सरश्री कहते हैं, 'सत्य के सभी मार्गों की शुरुआत अलग-अलग प्रकार से होती है लेकिन सभी के अंत में एक ही समझ प्राप्त होती है। **'समझ' ही सब कुछ है और यह 'समझ' अपने आपमें पूर्ण है।** आध्यात्मिक ज्ञान प्राप्ति के लिए इस 'समझ' का श्रवण ही पर्याप्त है।' इसी समझ को उजागर करने के लिए उन्होंने आज तक **तीन हज़ार से अधिक आध्यात्मिक विषयों पर प्रवचन दिए हैं,** जिनके द्वारा वे अध्यात्म की गहरी संकल्पनाएँ सीधे और व्यावहारिक रूप में समझाते हैं। समाज के हर स्तर का इंसान सरश्री द्वारा बताई जा रही समझ का लाभ ले सकता है।

यह समझ हरेक को अपने अनुभव से प्राप्त हो इसलिए सरश्री ने **'महाआसमानी परम ज्ञान शिविर'** और उसके लिए आवश्यक कार्यप्रणाली (सिस्टम) की रचना की है, **जिसका लाभ लाखों खोजी ले रहे हैं।** यह व्यवस्था आय.एस.ओ. (ISO 9001:2015) प्रमाणित है, जिसने अनेक लोगों को सत्य की राह पर चलने की प्रेरणा दी है। इसी समझ के प्रचार और प्रसार के लिए उन्होंने 'तेजज्ञान फाउण्डेशन' नामक आध्यात्मिक संस्था की नींव रखी है। इस संस्था का मुख्य उद्‌देश्य है- **'हॅपी थॉट्स द्वारा उच्चतम विकसित समाज का निर्माण'**।

विश्व का हर इंसान आज सरश्री के मार्गदर्शन का लाभ ले सकता है, जिसके लिए किसी भी धर्म, जाति, उपजाति, वर्ण, पंथ, रंग या लिंग का बंधन नहीं है। विश्व के हर कोने में बसे लोग आज तेजज्ञान की इस अनूठी ज्ञान प्रणाली (System for Wisdom) का लाभ ले रहे हैं। इस व्यवस्था के एक हिस्से के रूप में **लाखों लोग रोज़ सुबह और रात को ९ बजकर ९ मिनट पर विश्व शांति के लिए प्रार्थना करते हैं।**

सरश्री को **बेस्टसेलर पुस्तक 'विचार नियम' श्रृंखला के रचनाकार** के रूप में भी जाना जाता है, जिसकी **१ करोड़ से ज़्यादा प्रतियाँ केवल ५ सालों** में वितरित हो चुकी हैं। इसके अलावा उन्होंने विविध विषयों पर **१०० से अधिक पुस्तकों का लेखन** किया है, जिनमें से 'विचार नियम', 'स्वसंवाद का जादू', 'स्वयं का सामना', 'स्वीकार का जादू', 'निःशब्द संवाद का जादू', 'संपूर्ण ध्यान' आदि पुस्तकें बेस्टसेलर बन चुकी हैं। ये पुस्तकें दस से अधिक भाषाओं में अनुवादित की जा चुकी हैं और प्रमुख प्रकाशकों द्वारा प्रकाशित की गई हैं, जैसे पेंगुइन बुक्स, जैको बुक्स, मंजुल पब्लिशिंग हाऊस, प्रभात प्रकाशन, राजपाल ऍण्ड सन्स, पेंटागॉन प्रेस, सकाळ प्रकाशन इत्यादि।

तेजज्ञान फाउण्डेशन– परिचय

तेजज्ञान फाउण्डेशन आत्मविकास से आत्मसाक्षात्कार प्राप्त करने का एक रास्ता है। इसके लिए सरश्री द्वारा एक अनूठी बोध पद्धति (System for Wisdom) का सृजन हुआ है। इस पद्धति को अन्तर्राष्ट्रीय मानक ISO 9001:2015 के आवश्यकताओं एवं निर्देशों के अनुरूप ढालकर सरल, व्यावहारिक एवं प्रभावी बनाया गया है।

इस संस्था की बोध पद्धति के विभिन्न पहलुओं (शिक्षण, निरीक्षण व गुणवत्ता) को स्वतंत्र गुणवत्ता परीक्षकों (Quality Auditors) द्वारा क्रमबद्ध तरीके से जाँचा गया। जिसके बाद इन पहलुओं को ISO 9001:2015 के अनुरूप पाकर, इस बोध पद्धति को प्रमाणित किया गया है।

फाउण्डेशन का लक्ष्य आपको नकारात्मक विचार से सकारात्मक विचार की ओर बढ़ाना है। सकारात्मक विचार से शुभ विचार यानी हॅपी थॉट्स (विधायक आनंदपूर्ण विचार) और शुभ विचार से निर्विचार की ओर बढ़ा जा सकता है। निर्विचार से ही आत्मसाक्षात्कार संभव है। शुभ विचार (Happy Thoughts) यानी यह विचार कि 'मैं हर विचार से मुक्त हो जाऊँ'। शुभ इच्छा यानी यह इच्छा कि 'मैं हर इच्छा से मुक्त हो जाऊँ'।

ज्ञान का अर्थ है सामान्य ज्ञान लेकिन तेजज्ञान यानी वह ज्ञान जो ज्ञान व अज्ञान के परे है। कई लोग सामान्य ज्ञान की जानकारी को ही ज्ञान समझ लेते हैं लेकिन असली ज्ञान और जानकारी में बहुत अंतर है। आज लोग सामान्य ज्ञान के जवाबों को ज़्यादा महत्त्व देते हैं। उदाहरण के तौर पर कर्म और भाग्य, योग और प्राणायाम, स्वर्ग और नर्क इत्यादि। आज के युग में सामान्य ज्ञान प्रदान करनेवाले लोग और शिक्षक कई मिल जाएँगे मगर इस ज्ञान को पाकर जीवन में कोई बड़ा परिवर्तन नहीं होता। यह ज्ञान या तो केवल बुद्धि विलास है या फिर अध्यात्म के नाम पर बुद्धि का व्यायाम है।

सभी समस्याओं का समाधान है– तेजज्ञान। भय से मुक्ति, चिंतारहित व क्रोध से आज़ाद जीवन है– तेजज्ञान। शारीरिक, मानसिक, सामाजिक, आर्थिक और आध्यात्मिक उन्नति के लिए है– तेजज्ञान। तेजज्ञान आपके अंदर है, आएँ और इसे पाएँ।

यदि आप ऐसा ज्ञान चाहते हैं, जो सामान्य ज्ञान के परे हो, जो हर समस्या का समाधान हो, जो सभी मान्यताओं से आपको मुक्त करे, जो आपको ईश्वर का

साक्षात्कार कराए, जो आपको सत्य पर स्थापित करे तो समय आ गया है तेजज्ञान को जानने और शब्दोंवाले सामान्य ज्ञान से उठकर तेजज्ञान का अनुभव करने का।

अब तक अध्यात्म के अनेक मार्ग बताए गए हैं। जैसे जप, तप, मंत्र, तंत्र, कर्म, भाग्य, ध्यान, ज्ञान, योग और भक्ति आदि। इन मार्गों के अंत में जो समझ, जो बोध प्राप्त होता है, वह एक ही है। सत्य के हर खोजी को अंत में एक ही समझ मिलती है और इस समझ को सुनकर भी प्राप्त किया जा सकता है। उसी समझ को सुनना यानी तेजज्ञान प्राप्त करना है। तेजज्ञान के श्रवण से सत्य का साक्षात्कार होता है, ईश्वर का अनुभव होता है। यही तेजज्ञान सरश्री महाआसमानी परम ज्ञान शिविर में प्रदान करते हैं।

महाआसमानी परम ज्ञान शिविर परिचय और लाभ (निवासी)

क्या आपको उच्चतम आनंद पाने की इच्छा है? ऐसा आनंद, जो किसी कारण पर निर्भर नहीं है, जिसमें समय के साथ केवल बढ़ोतरी ही होती है। क्या आप इसी जीवन में प्रेम, विश्वास, शांति, समृद्धि और परमसंतुष्टि पाना चाहते हैं? क्या आप शारीरिक, मानसिक, सामाजिक, आर्थिक और आध्यात्मिक इन सभी स्तरों पर सफलता हासिल करना चाहते हैं? क्या आप 'मैं कौन हूँ' इस सवाल का जवाब अनुभव से जानना चाहते हैं।

यदि आपके अंदर इन सवालों के जवाब जानने की और 'अंतिम सत्य' प्राप्त करने की प्यास जगी है तो तेजज्ञान फाउण्डेशन द्वारा आयोजित 'महाआसमानी परम ज्ञान शिविर' में आपका स्वागत है। यह शिविर पूर्णतः सरश्री की शिक्षाओं पर आधारित है। सरश्री आज के युग के आध्यात्मिक गुरु और 'तेजज्ञान फाउण्डेशन' के संस्थापक हैं, जो अत्यंत सरलता से आज की लोकभाषा में आध्यात्मिक समझ प्रदान करते हैं।

महाआसमानी परम ज्ञान शिविर का उद्‌देश्य :

इस शिविर का उद्‌देश्य है, 'विश्व का हर इंसान 'मैं कौन हूँ' इस सवाल का जवाब जानकर सर्वोच्च आनंद में स्थापित हो जाए।' उसे ऐसा ज्ञान मिले, जिससे वह हर पल वर्तमान में जीने की कला प्राप्त करे। भूतकाल का बोझ और भविष्य की चिंता इन दोनों से वह मुक्त हो जाए। हर इंसान के जीवन में स्थायी खुशी, सही समझ और

समस्याओं को विलीन करने की कला आ जाए। मनुष्य जीवन का उद्देश्य पूर्ण हो।

'मैं कौन हूँ? मैं यहाँ क्यों हूँ? मोक्ष का अर्थ क्या है? क्या इसी जन्म में मोक्ष प्राप्ति संभव है?' यदि ये सवाल आपके अंदर हैं तो महाआसमानी परम ज्ञान शिविर इसका जवाब है।

महाआसमानी परम ज्ञान शिविर के मुख्य लाभ :

इस शिविर के लाभ तो अनगिनत हैं मगर कुछ मुख्य लाभ इस प्रकार हैं–

* जीवन में दमदार लक्ष्य प्राप्त होता है।
* 'मैं कौन हूँ' यह अनुभव से जानना (सेल्फ रियलाइजेशन) होता है।
* मन के सभी विकार विलीन होते हैं।
* भय, चिंता, क्रोध, बोरडम, मोह, तनाव जैसी कई नकारात्मक बातों से मुक्ति मिलती है।
* प्रेम, आनंद, मौन, समृद्धि, संतुष्टि, विश्वास जैसे कई दिव्य गुणों से युक्ति होती है।
* सीधा, सरल और शक्तिशाली जीवन प्राप्त होता है।
* हर समस्या का समाधान प्राप्त करने की कला मिलती है।
* 'हर पल वर्तमान में जीना' यह आपका स्वभाव बन जाता है।
* आपके अंदर छिपी सभी संभावनाएँ खुल जाती हैं।
* इसी जीवन में मोक्ष (मुक्ति) प्राप्त होता है।

महाआसमानी परम ज्ञान शिविर में भाग कैसे लें?

इस शिविर में भाग लेने के लिए आपको कुछ खास माँगें पूरी करनी होती हैं। जैसे–

१) आपकी उम्र कम से कम अठारह साल या उससे ऊपर होनी चाहिए।

२) आपको सत्य स्थापना शिविर (फाउण्डेशन ट्रुथ रिट्रीट) में भाग लेना होगा, जहाँ आप सीखेंगे– वर्तमान के हर पल को कैसे जीया जाए और निर्विचार दशा में कैसे प्रवेश पाएँ।

३) आपको कुछ प्राथमिक प्रवचनों में उपस्थित होना है, जहाँ आप बुनियादी समझ आत्मसात कर, महाआसमानी परम ज्ञान शिविर के लिए तैयार होते हैं।

यह शिविर एक या दो महीने के अंतराल में आयोजित किया जाता है, जिसका लाभ हज़ारों खोजी उठाते हैं। इस शिविर की तैयारी आप दो तरीके से कर सकते हैं। पहला तरीका- मनन आश्रम (पूना) में पाँच दिवसीय निवासी शिविर में भाग लेकर, दूसरा तरीका- तेजज्ञान फाउण्डेशन के नजदीकी सेंटर पर सत्य श्रवण द्वारा। जैसे- पुणे, मुंबई, दिल्ली, सांगली, सातारा, जलगाँव, अहमदाबाद, कोल्हापुर, नासिक, अहमदनगर, औरंगाबाद, सूरत, बरोडा, नागपुर, भोपाल, रायपुर, चेन्नई, वर्धा, अमरावती, चंद्रपुर, यवतमाल, रत्नागिरी, लातूर, बीड, नांदेड, परभणी, पनवेल, ठाणे, सोलापुर, पंढरपुर, अकोला, बुलढाणा, धुले, भुसावल, बैंगलोर, बेलगाम, धारवाड, भुवनेश्वर, कोलकत्ता, राँची, लखनऊ, कानपुर, चंदीगढ़, जयपुर, पणजी, म्हापसा, इंदौर, इटारसी, हरदा, विदिशा, बुरहानपुर।

इनके अतिरिक्त आप महाआसमानी की तैयारी फाउण्डेशन में उपलब्ध सरश्री द्वारा रचित पुस्तकें या यू ट्यूब के संदेश सुनकर भी कर सकते हैं। मगर याद रहे ये पुस्तकें, यू ट्यूब के प्रवचन शिविर का परिचय मात्र है, तेजज्ञान नहीं। आप महाआसमानी परम ज्ञान शिविर में भाग लेकर ही तेजज्ञान का आनंद ले सकते हैं। आगामी महाआसमानी परम ज्ञान शिविर में अपना स्थान आरक्षित करने के लिए संपर्क करें : 09921008060/75, 9011013208

महाआसमानी परम ज्ञान शिविर स्थान :

यह शिविर पुणे में स्थित मनन आश्रम पर आयोजित किया जाता है। इस शिविर के लिए भोजन और रहने की व्यवस्था की जाती है। यदि आपको कोई शारीरिक बीमारी है और आप नियमित रूप से दवाई ले रहे हैं तो कृपया अपनी दवाइयाँ साथ में लेकर आएँ। वातावरण अनुसार गरम कपड़े, स्वेटर, ब्लैंकेट आदि भी लाएँ।

'मनन आश्रम' पुणे शहर के बाहरी क्षेत्र में पहाड़ों और निसर्ग के असीम सौंदर्य के बीच बसा हुआ है। इस आश्रम में पुरुषों और महिलाओं के लिए अलग-अलग, कुल मिलाकर 700 से 800 लोगों के रहने की व्यवस्था है। यह आश्रम पुणे शहर से 17 किलो मीटर की दूरी पर है। हवाई अड्डा, हाइवे और रेल्वे से पुणे आसानी से आ-जा सकते हैं।

मनन आश्रम : मनन आश्रम, पुणे, सर्वे नं. ४३, सनस नगर, नांदोशी गाँव, किरकट वाडी फाटा, तहसील – हवेली, जिला : पुणे – ४११०२४. फोन : 09921008060

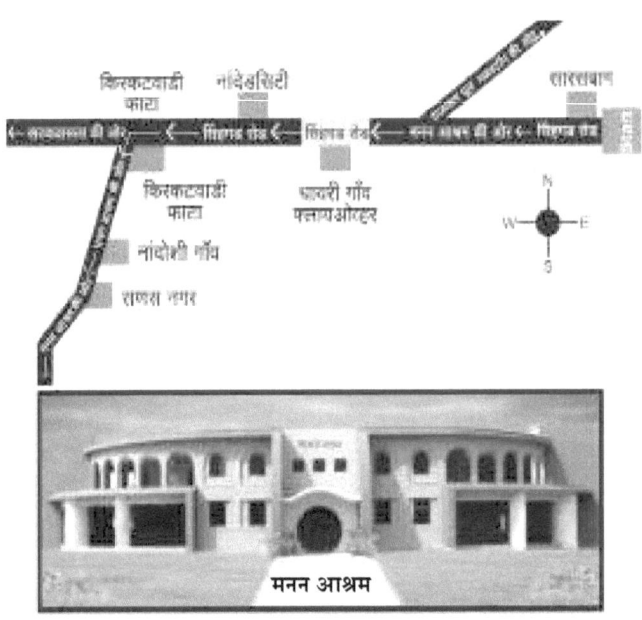

मनन आश्रम

अब एक क्लिक पर ही शिविर का रजिस्ट्रेशन !

तेजज्ञान फाउण्डेशन की इन शिविरों के लिए
अब आप ऑनलाईन रजिस्ट्रेशन भी कर सकते हैं–

* महाआसमानी परम ज्ञान शिविर परिचय और लाभ (पाँच दिवसीय निवासी शिविर)
* मैजिक ऑफ अवेकनिंग (केवल अंग्रेजी भाषा जाननेवालों के लिए तीन दिवसीय निवासी शिविर)
* मिनी महाआसमानी (निवासी) शिविर, युवाओं के लिए

रजिस्ट्रेशन के लिए आज ही लॉग इन करें

www.tejgyan.org

तेजज्ञान फाउण्डेशन की श्रेष्ठ पुस्तकें

इमोशन्स पर जीत

दुःखद भावनाओं से मुलाकात कैसे करें

Total Pages- 176 Price - 135/-

Also available in Marathi

अपनी भावनाओं को दुश्मन नहीं, दोस्त बनाने के लिए पढ़ें...

* दुःखद भावनाओं से मुक्ति का मार्ग
* क्या रोना अच्छा है या कमज़ोरी है
* असुरक्षा की भावना से मुक्ति कैसे मिले
* भावनाओं को मुक्त करने के चार योग्य तरीके
* भावनाओं से मुलाकात करने के चार उच्चतम तरीके
* भावनाओं को अभिव्यक्त करने के सच्चे तरीके

आपका इमोशनल कोशंट –EQ– कितना है?

क्या आपसे किसी ने उपरोक्त सवाल पूछा है?

आज लोग आय.क्यू. का महत्त्व तो समझते हैं परंतु इ.क्यू. (इमोशनल कोशंट) का महत्त्व उससे अधिक है, यह कम लोग जानते हैं।

भावनाओं से जूझ रहे इंसान के पास यदि 'इ.क्यू.' है तो वह जीवन की हर बाज़ी को पलट सकता है। परंतु यदि उसके पास इ.क्यू. नहीं है और केवल आय.क्यू. है तो उस कार्य को कर पाना उसके लिए मुश्किल हो सकता है। इसी लिए भावनात्मक परिपक्वता पाना महत्त्वपूर्ण है।

सिर्फ उम्र से बड़ा होना परिपक्वता नहीं है, भावनाओं से प्रभावित हुए बिना उनसे गुज़रकर, उनको सही रूप में देखने की कला सीखकर ही इंसान भावनात्मक रूप से परिपक्व बनता है। यही परिपक्वता आपको प्रदान करती है यह पुस्तक।

ध्यान और तपर्पण

ध्यान, ध्यान गौरव और ध्यान का स्वागत कैसे करें

Total Pages- 136   Price - 140/-

    जब सब कुछ मन मुताबिक चल रहा हो तो किसी को ध्यान करने का ख्याल नहीं आता। लेकिन जैसे ही जीवन में दुःख, तनाव, अशांति उत्पन्न होती है, इंसान उनसे पीछा छुड़ाने और अच्छा महसूस करने के लिए ध्यान की ओर बढ़ता है।

    या फिर वह अपने ऐसे गुणों को उभारने के लिए ध्यान की ओर आकृष्ट होता है, जिससे उसे ज़्यादा सांसारिक सफलता मिले। जैसे एकाग्रता, इच्छा शक्ति, संकल्प शक्ति, इनट्यूशन पावर बढ़ाना आदि।

    आप भी यदि ऐसे किसी कारण से ध्यान में रुचि रखते हैं तो समझिए आप ध्यान की बहुत कम कीमत आँक रहे हैं। क्योंकि ये सभी लाभ तो ध्यान के साथ बोनस में आने ही वाले हैं लेकिन उससे आपकी जो उच्चतम संभावना खुलती है वह अकल्पनीय है।

    प्रस्तुत ग्रंथ में आप ध्यान के उच्चतम लक्ष्य को जानेंगे, साथ ही उसे प्राप्त करने हेतु अलग-अलग ध्यान विधियों का अध्ययन करेंगे ताकि आप अपने स्वभाव अनुसार अपने लिए सर्वाधिक उचित ध्यान विधि का चयन कर सकें।

    इसके अतिरिक्त आप जानेंगे ध्यान को स्वयं के साथ-साथ लोक कल्याण के लिए कैसे उपयोग करें ताकि ध्यान का आपके साथ-साथ पूरे विश्व को भी लाभ हो।

    तो आइए, ध्यान, ध्यान का गौरव और ध्यान का स्वागत करने का उत्सव समारोह मिलकर शुरू करें।

सत् चित्त आनंद

आपके 60 सवाल और 24 घंटे

Total Pages- 176   Price - 135/-

अध्यात्म में आज लोगों ने अनेक सवालों के पुराने जवाब पकड़कर रखे हैं। जैसे-

- पिछले जन्मों के कर्म आज फल देंगे। इस जीवन के कर्म अगले जन्म में फल देंगे।
- आज के कर्म अभी कोई आनंद नहीं देंगे, अगले जन्म में ही उसका लाभ होगा।
- भाग्य में होगा तो ही हम खुश होंगे। (हकीकत में आनंद सभी का जन्मसिद्ध अधिकार है।)
- ईश्वर – विशेष चेहरा, आभूषण, मेकअप रखता है तथा कुछ बातों पर नाराज़ होता है और कुछ बातों पर खुश होता है।
- मोक्ष मरने के बाद मिलता है।

ऐसी पुरानी मान्यताएँ रखनेवाले लोग पुराने ज्ञान पर अमल नहीं करते और नया सुनने के लिए तैयार नहीं होते, बस बीच में ही अटके रहते हैं। अतः वे अधूरे ज्ञान के सहारे ही जीवन बिताते हैं। अब समय आया है कि हम सही जवाब प्राप्त करके सच्चे अध्यात्म (जीवन लक्ष्य) को समझें।

इस पुस्तक में आपको अध्यात्म के नए जवाब प्राप्त होंगे।

गलत जवाब दे-देकर इंसान की विचार शक्ति नष्ट कर दी गई है। वक्त आया है कि हम अपने जीवन के केवल 24 घंटे सत्य जानने के लिए खर्च करें। यही इस पुस्तक का उद्देश्य है।

ईश्वर ही है तुम कौन हो यह पता करो पक्का करो

आत्मसाक्षात्कार पाने का मार्ग

Total Pages- 176   Price - 125/-

कभी-कभी हमारे मन में यह जिज्ञासा आती है कि मैं कौन हूँ, ईश्वर कौन है, मैं कौन नहीं हूँ इत्यादि। जब ऐसी जिज्ञासाओं का कोई हल नहीं मिलता, तो हमारे अंदर संशय और बेचैनी पैदा हो जाती है जिसका परिणाम यह होता है कि हमारा जीवन नकारात्मक विचारों के दुष्परिणामों से प्रभावित होता रहता है तथा हमारा चेतन विश्वास तथा अज्ञानता के भँवर में गोते लगाता रहता है। यह पुस्तक हमारी इन्हीं जिज्ञासाओं को शांत करती है।

इस पुस्तक के माध्यम से हम अपनी पूछताछ' का मार्ग तलाश सकते हैं और अपने मनोशरीरयंत्र की पूछताछ ईमानदारी के साथ करते हुए समझ' की मंजिल पा सकते हैं।

पुस्तक मूलतः ६ खण्डों में विभाजित है, जिसके प्रथम खण्ड में मशहूर मंत्र' यानी अपने होने के एहसास' की कला समझाई गई है। अन्य खण्डों में ईश्वर कौन', मैं कौन नहीं' मनोशरीर यंत्र कौन', मैं कौन' और अन्त में गुमनाम मंत्र' के द्वारा हम अपनी पूछताछ की संपूर्ण विधि जानकर अपना लक्ष्य प्राप्त कर सकते हैं।

पुस्तक में प्रख्यात तेजगुरु सरश्री द्वारा शिष्यों द्वारा पूछे गए जिज्ञासा मूलक सवालों के सरल जवाब दिए गए हैं। ये सभी समाधान विषय की जटिलता को कम करके हमें स्व अनुभव की गहराइयों तक ले जानेवाले हैं। पुस्तक सरल भाषा और रोचक प्रसंगों द्वारा प्रस्तुत की गई है, जिसका पाठकों पर अमिट प्रभाव पड़ता है।

गहरे ध्यान

चेतनता की शक्ति

Total Pages - 104   Price - 100/-

क्या आपको पता है कि ईश्वर ने हमें पहले से ही ऐसी शक्ति से नवाज़ा हुआ है, जिसका उपयोग कर हम अपनी शुभ इच्छा पूरी कर सकते हैं? वह शक्ति है, 'चेतनता की शक्ति', जो हमारे भीतर ही है। यह शक्ति क्या है, कहाँ रहती है, इसका कैसे उपयोग किया जा सकता है, इस पुस्तक के द्वारा आप यह गहरा रहस्य जानने जा रहे हैं।

इस शक्ति को जागृत करने हेतु आपको कुछ गहरे ध्यान को समझकर जीवन में उतारना होगा। प्रस्तुत पुस्तक में कुछ ऐसी ही गहरी ध्यान विधियाँ, उनकी मूल समझ के साथ संकलित की गई हैं। साथ ही ध्यान से संबंधित बहुत सी बातों को सूक्ष्मता से समझाया गया है। जैसे– वास्तव में ध्यान क्या है, इसका मूल लक्ष्य क्या है, इसकी क्या तकनीकें हैं, उनसे क्या लाभ होता है आदि।

हर शरीर की अपनी अलग प्रकृति होती है। सभी एक ही राह नहीं चल सकते, इसी कारण इस पुस्तक में ध्यान की अनेक विधियाँ समझाई गई हैं। जिन्हें साधक अपनी समझ और आवश्यकतानुसार चुन सकता है। हर विधि आपको एक ही लक्ष्य तक लेकर जाएगी। उन विधियों के साथ तैयारी करते-करते, अभ्यास करते-करते, एक समय आएगा जब आप ध्यान की वास्तविक अवस्था में पहुँचेंगे और चेतनता की शक्ति को प्राप्त करेंगे।

आप कौन सी पुस्तकें पढ़ें

सभी के लिए

- संपूर्ण लक्ष्य • प्रार्थना बीज
- विचार नियम - पावर ऑफ हॅपी थॉट्स
- विकास नियम - आत्मविकास द्वारा संतुष्टि पाने का राज़
- इमोशन्स पर जीत
- सुनहरा नियम - रिश्तों में नई सुगंध
- दुःख में खुश क्यों और कैसे रहें
- विश्वास नियम -सर्वोच्च शक्ति के सात नियम
- स्वीकार का जादू
- स्वसंवाद का जादू
- स्वयं का सामना
- खुशी का रहस्य
- वार्तालाप का जादू - कम्युनिकेशन के बेहतरीन तरीके
- समय नियोजन के नियम
- आत्मविश्वास सफलता का द्वार
- नींव नाइन्टी - नैतिक मूल्यों की संपत्ति
- बड़ों के लिए गर्भसंस्कार
- तनाव से मुक्ति
- धीरज का जादू
- रहस्य नियम - प्रेम, आनंद, ध्यान,समृद्धि और परमेश्वर प्राप्ति का मार्ग

वरिष्ठ नागरिकों के लिए

- ३ स्वास्थ्य वरदान
- स्वास्थ्य त्रिकोण • पृथ्वी लक्ष्य
- मृत्यु उपरांत जीवन
- जीवन की नई कहानी मृत्यु के बाद

सत्य के खोजियों के लिए

- ध्यान नियम - ध्यान योग नाइन्टी
- ईश्वर ही है तुम कौन हो यह पता करो, पक्का करो
- ईश्वर से मुलाकात - तुम्हें जो लगे अच्छा, वही मेरी इच्छा
- मृत्यु का महासत्य - मृत्युंजय
- कर्मात्मा और कर्म का सिद्धांत
- प्रार्थना बीज
- निःशब्द संवाद का जादू
- पहेली रामायण
- आध्यात्मिक उपनिषद्
- शिष्य उपनिषद्
- वर्तमान का जादू
- The मन -कैसे बने मन-नमन, सुमन, अमन और अकंप
- संपूर्ण ध्यान - २२२ सवाल
- बड़ों के लिए गर्भसंस्कार
- निराकार : कुल-मूल लक्ष्य
- सत् चित्त आनंद

व्यापारियों / कर्मचारियों के लिए

- विचार नियम - पॉवर ऑफ हॅपी थॉट्स
- हर तरह की नौकरी में खुश कैसे रहें
- ध्यान और धन
- प्रार्थना बीज
- पैसा रास्ता है मंजिल नहीं
- तनाव से मुक्ति
- संपूर्ण सफलता का लक्ष्य

आप कौन सी पुस्तकें पढ़ें

विद्यार्थियों के लिए

- विचार नियम फॉर यूथ
- वार्तालाप का जादू - कम्युनिकेशन के बेहतरीन तरीके
- विकास नियम - आत्मविकास द्वारा संतुष्टि पाने का राज़
- नींव नाइन्टी - बेस्ट कैसे बनें
- संपूर्ण लक्ष्य - संपूर्ण विकास कैसे करें
- वचनबद्ध निर्णय और जिम्मेदारी
- आत्मविश्वास सफलता का द्वार
- संपूर्ण सफलता का लक्ष्य
- सन ऑफ बुद्धा फॉर यूथ
- रामायण फॉर टीन्स

महिलाओं के लिए

- आत्मनिर्भर कैसे बनें
- स्वसंवाद का जादू
- बड़ों के लिए गर्भसंस्कार
- स्वास्थ्य त्रिकोण
- इमोशन्स पर जीत

अभिभावकों (Parents) के लिए

- बच्चों का संपूर्ण विकास कैसे करें
- सुनहरा नियम - रिश्तों में नई सुगंध
- रिश्तों में नई रोशनी
- वार्तालाप का जादू - कम्युनिकेशन के बेहतरीन तरीके

स्वास्थ्य के लिए

- स्वास्थ्य त्रिकोण
- ३ स्वास्थ्य वरदान
- B.F.T. बॅच फ्लॉवर थेरेपी
- स्वास्थ्य के लिए विचार नियम

महापुरुषों की जीवनी

- भक्ति का हिमालय - The मीरा
- सद्‌गुरु नानक -साधना रहस्य और जीवन चरित्र
- भगवान बुद्ध
- भगवान महावीर - मन पर विजय प्राप्त करने का मार्ग
- दो महान अवतार - श्रीराम और श्रीकृष्ण
- रामायण - वनवास रहस्य
- बाहुबली हनुमान
- जीज़स - आत्मबलिदान का मसीहा
- स्वामी विवेकानंद
- रामकृष्ण परमहंस
- संत तुकाराम
- संत ज्ञानेश्वर
- झीनी झीनी रे बीनी पृथ्वी चदरिया - आओ मिलें संत कबीर से

– तेजज्ञान इंटरनेट रेडियो –

२४ घंटे और ३६५ दिन सरश्री के प्रवचन और भजनों का लाभ लें,
तेजज्ञान इंटरनेट रेडियो द्वारा। देखें लिंक
http://www.tejgyan.org/internetradio.aspx

हर रविवार सुबह १०.०५ से १०.१५ तक रेडियो विविध भारती, एफ. एम. पुणे पर 'हॅपी थॉट्स कार्यक्रम'

www.youtube.com/tejgyan
पर भी सरश्री के प्रवचनों का लाभ ले सकते हैं।
For online shoping visit us - www.tejgyan.org,
www.gethappythoughts.org

पुस्तकें प्राप्त करने के लिए नीचे दिए गए पते पर मनीऑर्डर द्वारा पुस्तक का मूल्य भेज सकते हैं। पुस्तकें रजिस्टर्ड, कुरियर अथवा वी.पी.पी. द्वारा भेजी जाती हैं। पुस्तकों के लिए नीचे दिए गए पते पर संपर्क करें।

* WOW Publishings Pvt. Ltd. रजिस्टर्ड ऑफिस–E-4, वैभव नगर, तपोवन मंदिर के नज़दीक, पिंपरी, पुणे– 411017
* पोस्ट बॉक्स नं. 36, पिंपरी कॉलोनी पोस्ट ऑफिस, पिंपरी, पुणे – 411017
  फोन नं.: 09011013210 / 9146285129

आप ऑन–लाइन शॉपिंग द्वारा भी पुस्तकों का ऑर्डर दे सकते हैं।
लॉग इन करें - www.gethappythoughts.org
500 रुपयों से अधिक पुस्तकें मँगवाने पर 10% की छूट और फ्री शिपिंग।

e-mail
mail@tejgyan.com

website
www.tejgyan.org, www.gethappythoughts.org

- विश्व शांति प्रार्थना -

'पृथ्वी पर सफेद रोशनी (दिव्य शक्ति) आ रही है।
पृथ्वी से सुनहरी रोशनी (चेतना) उभर रही है।
विश्व से सारी नकारात्मकता दूर हो रही है।
सभी प्रेम, आनंद और शांति के लिए
खुल रहे हैं, खिल रहे हैं।'
विश्व के सभी लीडर्स आउट ऑफ बॉक्स सोच रहे हैं...
विश्व के सभी लीडर्स शांतिदूत बन रहे हैं
विश्व के सभी लीडर्स की इच्छा ईश्वर की इच्छा बन रही है!
धन्यवाद

यह 'सामूहिक अव्यक्तिगत प्रार्थना' तेजज्ञान फाउण्डेशन के सदस्य पिछले कई सालों से निरंतरता से कर रहे हैं। खुश लोग यह प्रार्थना कर सकते हैं और बीमार, दुःखी लोग उस वक्त एक जगह बैठकर इस प्रार्थना को ग्रहण कर स्वास्थ्य लाभ पा सकते हैं।

यदि इस वक्त आप परेशान या बीमार हैं तो रोज़ सुबह या रात 9:09 को केवल ग्रहणशील होकर इस भाव से बैठें कि 'स्वास्थ्य और शांति की सफेद रोशनी जो इस वक्त प्रार्थना में बैठे कई लोगों द्वारा नीचे पृथ्वी पर उतर रही है, वह मुझमें भी अपना कार्य कर रही है। मैं स्वस्थ और शांत हो रहा हूँ।' कुछ देर इस भाव में रहकर आप सबको धन्यवाद देकर उठें।

तेजज्ञान फाउण्डेशन – मुख्य शाखाएँ

पुणे (रजिस्टर्ड ऑफिस)
विक्रांत कॉम्प्लेक्स, तपोवन मंदिर के नज़दीक,
पिंपरी, पुणे–४११ ०१७. फोन : 020-27411240, 27412576

मनन आश्रम
सर्वे नं. ४३, सनस नगर, नांदोशी गाँव, किरकटवाडी फाटा,
तहसील– हवेली, जिला– पुणे - ४११ ०२४.
फोन : 09921008060

e-books
The Source
Celebrating Relationships
The Miracle Mind
Everything is a Game of Beliefs
Who am I now
Beyond Life
The Power of Present
Freedom from Fear Worry Anger
Light of grace
The Source of Health
Also available in Hindi at www.gethappythoughts.org

e-magazines
'Yogya Aarogya' & 'Drushtilakshya'
emagazines available on www.magzter.com

यह पुस्तक पढ़ने के बाद आप अपना अभिप्राय (विचार सेवा) इस पते पर भेज सकते हैं Tejgyan Global Foundation, Pimpri Colony Post office, P.O. Box 25, Pune - 411 017. Maharashtra (India).

|| मौन नियम 144 ||

www.ingramcontent.com/pod-product-compliance
Lightning Source LLC
LaVergne TN
LVHW040151080526
838202LV00042B/3121
* 9 7 8 8 1 9 4 3 2 0 0 0 5 *